HORA DE ROMPER EL *Silencio*

CUÉNTALE A TUS HIJOS

RUTH VILLAMIZAR

Hora de Romper el Silencio
Primera Edición 2022

No se autoriza la reproducción o alteración de este libro, ni partes del mismo de forma alguna. No se permite que se archive en un sistema electrónico, ni se transmita a ningún medio digital, mecánico, fotográfico, fotocopiador o de grabación sin permiso previo del autor.

Las citas bíblicas utilizadas fueron tomadas de la Nueva Versión Internacional (NVI) con permiso, excepto cuando se indique lo contrario.

Textos Bíblicos (RVR1960) fueron tomados de la Biblia Reina-Valera 1960 by American Bible Society.

Textos Bíblicos (NTV) fueron tomados de la Biblia Nueva Traducción Viviente.

Copyright © Ruth Villamizar

Contacto: info@ruthvillamizar.com
Todos los derechos reservados 2021

Edición: Idelisse Rodríguez
Diseño y Fotografía: Andrea Paredes

Dedicatoria

*Señor, tú has sido nuestro refugio
generación tras generación.*
- Salmo 90:1 -

Este libro está dedicado a todo aquel que está buscando una verdad escondida en su familia, trayendo el cambio anhelado desde el fondo de su alma y corazón. Lo que me motivó a escribir fueron: mis hijos, mis nietos y cada generación que sigue. Quería compartir con ustedes la información que me llevó tanto tiempo buscar y descifrar, como parte de mi identidad y propósito en la vida.

Al hacerlo deseo traer libertad a mi descendencia y las que leerán este escrito. Aquí comparto las herramientas que encontré, y cómo me ayudaron en esta búsqueda. Es mi oración que lo que he plasmado en este libro te sea de bendición ya que fue hecho con ese propósito.

Para Nuestra Mamá y Abuelita

Gracias por mostrarme que siempre se puede, y que podemos alcanzar lo que nos propongamos sin importar las circunstancias. Es siempre un orgullo ver todo lo que haz logrado.
Te amamos,
- Johana y Antonia -

¡Felicitaciones por este increíble logro!
Con amor,
- Julian -

Gracias por enseñarnos a ver lo bonito de la vida, a ser agradecidos, ser fuertes, alcanzar nuestras metas, tu amor incondicional y por mostrarnos como vivir sin miedos y poner la confianza en Dios.
Te amo,
- Alejandra -

Gracias por ser un ejemplo, estoy muy orgullosa de ti, y ahora podemos agregar oficialmente autora como otro logro a tus muchos títulos. Que Dios te siga sorprendiendo y abriendo puertas en esta nueva temporada en la que estás entrando...
I love you,
- Andrea -

Estamos muy orgullosos de ti por tener el coraje de escribir este libro. Te deseamos todo el éxito con este proyecto y te queremos mucho,
- Dan -

¡Te amamos mucho abuelita!
- Isabella, Sofia, Emma y Santiago -

HORA DE ROMPER EL SILENCIO

Agradecimiento

*De generación en generación se extiende
su misericordia a los que le temen.
Lucas 1:50*

Gracias amado Dios por enseñarme lo que debía hacer y colocar en mi corazón la dirección a seguir.

Gracias Jesús por darme la autoridad necesaria para ir avanzando y traer libertad como dice: *Juan 8:36 "Así que, si el Hijo los libera, serán ustedes verdaderamente libres."*

Gracias a ti maravilloso Espíritu Santo. Te doy las gracias porque me das la unción para escribir, y llegar al corazón del lector desde donde me permites: compartir la revelación, enseñar, sanar y traer gozo en el nombre de Cristo Jesús. Hoy puedo decir que eres mi compañero, mi consolador, el que anuncia las cosas por venir, y está con nosotros hasta el fin

Gracias querido lector por apoyar este trabajo que fue hecho para ti con amor, esfuerzo y dedicación. Te animo que puedas encontrar en el Espíritu de Dios ese amigo que te despierta cada día y al cual puedes decirle: "Buenos días, maravilloso Espíritu Santo". El tenerlo el Espíritu de Dios en nuestra vida nos garantiza que nunca estamos solos, y que contamos con su apoyo, misericordia y sabiduría porque Él lo llena todo.

Le pido a Dios que Su Espíritu te ayude a recordar lo necesitas para ser libre, y traiga a tu memoria lo que está guardado, pero no te acuerdas. Sabemos que Él lo puede hacer porque conoce el ayer, hoy y el mañana. Creo en la Palabra que Jesús nos dejó, y la siguiente promesa que es para todo el que la reciba por fe:

Y yo le pediré al Padre, y él les dará otro Consolador para que los acompañe siempre: el Espíritu de verdad, a quien el mundo no puede aceptar porque no lo ve ni lo conoce. Pero ustedes sí lo conocen, porque vive con ustedes y estará en ustedes. No los voy a dejar huérfanos; volveré a ustedes. Juan 14:16-18

Quiero dar las gracias a mis amados hijos por enseñarme cómo debe ser una madre humilde que escucha sus corazones y busca entenderlos. De esta manera se cumple la siguiente promesa:

Estoy por enviarles al profeta Elías antes que llegue el día del Señor, día grande y terrible. Él hará que los padres se reconcilien con sus hijos y los hijos con sus padres, y así no vendré a herir la tierra con destrucción total. Malaquías 4:5-6

Esta cita busca que los padres vuelvan a ganar los corazones de sus hijos. Normalmente creemos que son los hijos quiénes deberían hacer el acercamiento hacia los padres, pero la Biblia nos enseña que son los padres los que deben hacer el acercamiento hacia los hijos.

En el transcurso de la vida ocurren situaciones que crean una desconexión entre generaciones por diferentes eventos. Los padres somos llamados a escuchar el corazón de nuestros hijos. Para Dios la reconciliación de los padres con sus hijos es muy importante como vemos en la cita bíblica, ya que de lo contrario la tierra puede sufrir destrucción total.

En mi caso, agradezco a Dios por ver esta palabra de reconciliación cumplida en mi familia, ya que fueron muchos años trabajando para obtener la victoria; y aunque lo logramos, seguimos unidos esforzándonos para mantenerla y llevarla

AGRADECIMIENTO

a las siguientes generaciones. Hijos, es una bendición la contribución de cada uno de ustedes en mi vida haciendo que este escrito fuera posible.

He sido coronada con mis nietos, y el privilegio de ser parte activa de su crecimiento. Dios me ha compensado con ellos sanando mi alma al permitirme vivir hermosas etapas y experiencias de la niñez que me correspondía atravesar con mis hijos; pero pasaron inadvertidas por diversas situaciones como verás en el libro. Honro al Padre por traer estas enseñanzas a mi vida.

Quiero reconocer al Pastor Ricardo Parra y su esposa Esperanza. Ellos me ordenaron cuando salí de Colombia rumbo a USA con una misión hace veintiún años. Los pastores vieron la pasión que tenía por el avance del reino de Dios, y creyeron en mi llamado. Al apoyarme pude sentir el respaldo de Jesús, y seguir adelante. Mi familia y yo le agradecemos a Dios que sean parte de nuestra historia.

Valoro y doy gracias a los amados hijos de la iglesia: "Casa del Dios Viviente", quiénes son parte de mi familia de la fe. El estar junto a ustedes, y aconsejarles, por tantos años me ha permitido desarrollar este don tan hermoso de sanidad que el Señor me entregó en el poder del Espíritu Santo. Es gratificante ver los grandes cambios y frutos en sus vidas, así como la transformación y promesas de Dios en sus familias.

Agradezco a todos los que me dieron la oportunidad en diferentes ciudades y países del mundo de brindarles un consejo y ayudarles. El participar de sus experiencias dolorosas, y traumas sin resolver según me abrían su corazón, me enseñó una nueva manera de trabajar la Consejería. Así pude recibir excelentes herramientas para armar los rompecabezas que estaba buscando. Agradezco su confianza, aportación y testimonios, que validan el contenido de este libro.

Gracias a Dios por una pastora, bella amiga y escritora que vió todo el material que tenía plasmado. Ella me ayudó a realizar la edición, y animó a continuar escribiendo.

Un especial agradecimiento a mi hija Andrea, quien a través de los talentos que el Señor le ha otorgado en el campo del diseño y la fotografía logró plasmar la visión que Dios me entregó para alcanzar el propósito de este libro.

Agradezco a COMIB, el Consejo de Ministros de Broward; y a cada una de las personas que a lo largo de estos veintiún años de servicio al Señor han sido parte de la trayectoria de lo que escribo en este libro, y han confiado en mí. Su apoyo, cariño, oraciones y el darme la oportunidad de servir en la obra de Dios me han llevado a ser quién soy hoy en día.

A Dios Padre, Jesucristo su Hijo y al Espíritu Santo sea la gloria.

Prefacio

Vivimos en tiempos difíciles y duros de tratar como fue escrito por el apóstol Pablo a Timoteo y describe una sociedad: desprovista de virtudes y abundante en el vicio, hombres amadores de sí mismos, ingratos, impíos, desobedientes a los padres, amadores de los deleites, etc. Aquí se encuentra una clara descripción de lo que está aconteciendo hoy día donde tenemos: familias disfuncionales, sin valores morales y traumatizadas muchas veces por el divorcio, la violencia doméstica, el abuso sexual y mucho más.

Como cristianos necesitamos romper el silencio y sanar nuestras familias. Se necesita un proceso de restauración para traer sanidad dentro del marco relacional familiar. Este es el mensaje claro y propicio que nos presenta la autora, mi gran amiga y consierva.

Con gran gozo deseo recomendar este excelente libro: **"HORA DE ROMPER EL SILENCIO"**, en el cuál la autora Ruth Villamizar nos exhorta a llevar nuestras vidas y las de nuestras familias a un lugar de sanidad espiritual y emocional exponiéndonos sus experiencias personales con toda claridad y transparencia, y los procesos necesarios durante las diferentes épocas de la vida.

Bajo la dirección del Espíritu Santo, y un acercamiento de

intimidad con nuestro Padre Celestial podemos recibir: dirección, revelación y entendimiento para superar, sanar y restaurar nuestras vidas, relaciones personales y familiares; y así poder vivir una vida como nos es descrita por el Espíritu Santo.

Querido hermano, oro para que te vaya bien en todos tus asuntos y goces de buena salud, así como prosperas espiritualmente. 3 Juan 1:2

El libro que usted tiene en sus manos puede marcar sus pasos para un nuevo porvenir.

Dr. Héctor P. Torres
Ministerio Hispano International

Indice

Introducción	13
CAPITULO I - ¡La Hora llegó!	17
CAPITULO II - El Espíritu Santo te hará recordar	29
CAPITULO III - Dios ¿dónde está el manual?	39
CAPITULO IV - Proyecto de vida	51
CAPITULO V - Vive cada etapa	67
CAPITULO VI - Ejerza su función	87
CAPITULO VII - ¿Qué es la manipulación?	105
CAPITULO VIII - Transiciones	129
CAPITULO IX - Emociones sin resolver	145
CAPITULO X - El balance de estar bien	159
CAPITULO XI Los años dorados	177
Conclusión	195
Bibliografía	199

HORA DE ROMPER EL SILENCIO

INTRODUCCIÓN

Introducción

En la vida de cada familia hay un baúl de recuerdos que necesita ser abierto. Muchas veces nos desconectamos de esta realidad al no saber dónde o cómo buscar para llegar a encontrar lo que se necesita, y llenar ese vacío interior que se trae.

Es triste que hay hogares en los cuales este contenido no existe porque se perdió la continuidad con la generación anterior. Esto sucede cuando los que vivieron las historias y tradiciones no comparten la información con la siguiente línea generacional o se desvinculan de la familia.

Muchos se han llevado con ellos los relatos. Otros no se atreven hablar por dolor o miedo al qué dirán. Hoy tengo una buena noticia para ti. Es posible descubrir, armar o crear este cofre de recuerdos tan valioso al encontrarte contigo mismo, y el lugar que te pertenece. El hacerlo traerá: memorias, satisfacción, identidad, sanidad, paz, liberación y propósito de acuerdo con el plan de Dios.

Dice la Palabra del Señor: "que guardemos con diligencia nuestra alma", es decir nuestras emociones y sentimientos. No se debe olvidar lo que hemos vivido para enseñarlo a nuestros hijos y nietos. Por eso escribo este libro: para que la Palabra pueda correr a su cumplimiento por generaciones.

Es hora de despertar y poder conocer lo desconocido; aquello que no te contaron, esos sucesos que no pudiste escuchar pero que necesitas saber para seguir adelante en victoria, y no cometer los errores de las generaciones anteriores.

Es mi deseo que mientras lees este libro, el Espíritu Santo traiga a tu memoria de manera consciente los recuerdos y eventos que necesitan ser resueltos para sanar y ser libre en el poderoso nombre de Cristo Jesús. En nuestras culturas, sociedades y familias nos enseñaron a: callar, disimular y aparentar; pero en el Señor hay libertad para hablar, sanar, salvar y restaurar.

Es Dios quién desea ayudar a los miembros de cada familia a darle valor a la línea generacional de los que forman parte de este núcleo. El Padre quiere que resuelvas las dudas relacionadas con este tema para que puedas caminar con la seguridad e identidad de un hijo o hija del reino.

> *Juan, a las siete iglesias que están en Asia: Gracia y paz a vosotros, del que es y que era y que ha de venir, y de los siete espíritus que están delante de su trono; y de Jesucristo el testigo fiel, el primogénito de los muertos, y el soberano de los reyes de la tierra. Al que nos amó, y nos lavó de nuestros pecados con su sangre, y nos hizo reyes y sacerdotes para Dios, su Padre; a él sea gloria e imperio por los siglos de los siglos. Amén.*
> *Apocalipsis 1:4-6 (RVR1960)*

INTRODUCCIÓN

HORA DE ROMPER EL SILENCIO

CAPITULO I

¡La Hora Llegó!

*Mis labios pronunciarán parábolas y evocarán
misterios de antaño, cosas que hemos oído y
conocido, y que nuestros padres nos han contado.*
Salmo 78:2-3

Si pudiera describir cuál es el mejor tiempo para escribir, les puedo decir que para mí es: un día con lluvia, nublado, frente a una ventana con un bello lago, montañas, ríos y la naturaleza de árboles que con su movimiento animan a estar alertas y disfrutando la creación de Dios.

Ahí se me hace fácil inspirarme y remontarme a los recuerdos y experiencias sobre los cuales está basado este libro. Este ambiente trae a mi memoria consciente lugares donde ocurrieron gran parte de los sucesos que Dios sanó en mi vida.

Al plasmar este contenido lo hago con gozo al saber que puedo llegar a su hogar o lugar preferido donde busca ese espacio para poder disfrutar la lectura, y en el que haremos juntos este recorrido.

Llega un momento donde no podemos dar lo que no tenemos, no entendemos y no sabemos: porque no nos fue contado. Llega ese momento donde se siente un vacío interior por no tener las respuestas a las situaciones vividas dentro de una familia. Por esa razón me gustaría comenzar con algunas preguntas que despierten su ser hacia la libertad porque es:

"Hora de Romper el Silencio."

¿Cómo se puede extrañar lo que no se conoce?
¿Cómo se puede hablar de lo que no nos contaron?
¿Dónde están los recuerdos que mi familia vivió?
¿A quién le puedo preguntar?
¿A quién puedo decirle: "tú sabes lo qué pasó"?

Estas respuestas se encuentran en: los padres, abuelos, bisabuelos y demás familiares; pero ¿qué sucede cuando la comunicación fue cortada o no tenemos quién nos cuente?

Para contestar estas inquietudes es necesario indagar, prestar atención y buscar el ¿por qué? y ¿para qué? de las cosas que ocurrieron. Especialmente antes de que los que tienen la información partan de esta tierra y se lleven los tesoros ocultos que pertenecen a la familia es importante preguntar lo más posible acerca de los eventos que marcaron las generaciones anteriores. También la razón por la que se repiten algunos ciclos de los cuales no tenemos una respuesta clara en nuestra vida.

Los genes que portamos nos permiten hacer lo que nuestros antepasados hicieron, sea bueno o malo, aun sin haber sido entrenados para realizarlo. Es por esto que debemos conocer la historia. Así se puede dar la bienvenida a lo bueno, y tener la autoridad para echar fuera lo que no se debe vivir; y tampoco queremos que nuestros hijos atraviesen.

Te invito a leer el siguiente versículo bíblico recibiendo la revelación que trae, y guardándola en tu corazón. Este conforma la importancia de contar y poner atención a las historias de un linaje a otro.

¡Pero tengan cuidado! Presten atención y no olviden las cosas que han visto sus ojos, ni las aparten de su corazón mientras vivan. Cuéntenselas a sus hijos y a sus nietos. Deuteronomio 4:9

Por lo general sabemos lo tradicional de una familia, pero hay un silencio del pasado del que nadie se atreve a hablar porque trae: vergüenza, miedo y dolor. Aquellos que saben lo que ocurrió, murmuran en voz baja para que nadie los escuche. Se percibe que algo pasó, pero no se puede decir lo que fue porque son temas prohibidos o que causaron disgusto.

El problema es que estas situaciones familiares se repiten por seguro; y las generaciones a las cuales les corresponde atravesarlas no están preparadas, ni han sido advertidas sobre las soluciones y estrategias que necesitan antes que los eventos regresen a la familia. Esto hace que se vuelvan a vivir los sucesos de la línea sanguínea anterior sin saber porque están pasando.

Cuando se da la libertad en familia de hablar en forma abierta sobre estos temas, se está proveyendo el espacio para procesar la situación. Además se obtiene una mayor claridad del panorama, y las correcciones necesarias que se deben hacer para que no se repita ese suceso.

Las siguientes frases son ejemplos de cómo se puede comenzar una exposición de algo que ocurrió:

"Esto le pasó a cierta persona en nuestra familia..."

"En el año tal se atravesó este suceso..."

"A un familiar le aconteció el siguiente evento y trajo estas consecuencias..."

Algunos ejemplos de patrones repetitivos (maldiciones generacionales por desobediencia) que marcan una familia son: el divorcio, la chica embarazada, el chico que embarazo a su novia, falta de carácter y dominio propio, mentiras, problemas de administración de finanzas, negocios ilícitos, pleitos por herencias, divisiones, celos, enfermedades, manipulación, brujería, infidelidades, adicciones (como alcohol, drogas, pornografía, juegos), etc.

Este libro busca que los lectores estén alertas y eviten los ciclos que traen: vergüenza, dolor, temor, culpa y hasta sorpresas no deseadas en las próximas generaciones como resultado de que las anteriores guardaron silencio.

Muchos de los factores que acabamos de mencionar pueden causar trastornos, enfermedades emocionales y mentales tales como: la depresión, la esquizofrenia, bipolaridad y otros. Estas pueden ser provocados también por otras situaciones como condiciones genéticas, ambientales, y/o modelos que se aprendieron, así como por eventos que no se manejaron adecuadamente.

Una familia que entra en obediencia como dice: *Deuteronomio 28:1-14;* tiene la oportunidad de recibir sanidad y libertad en Cristo Jesús en lugar de las consecuencias de la desobediencia, como está escrito en: *Deuteronomio 28:15-68.* Te animo a buscar y leer estas citas bíblicas.

El tener en cuenta estos puntos te va a ayudar a estar consciente de corregir los patrones de conducta, y desarrollar las herramientas necesarias, para superar la situación que provocó la condición. Es necesario buscar la ayuda correcta para trabajar lo que limita o retrasa nuestro camino, y marchar hacia el propósito por el cual Dios nos trajo a este mundo.

Es hora de realizar un cambio y fomentar la comunicación al hablar con confianza lo que no se quiere repetir. El compartir el conocimiento y las experiencias vividas ante los miembros de la familia abre un horizonte a los que buscan levantarse. Además, los guía a seguir un camino de bendición dentro de su generación. Tenemos que entender la diferencia entre una bendición y lo que no lo es.

La cita bíblica que voy a mencionar a continuación es muy importante. En esta se muestra que las bendiciones, así como los patrones negativos que se repiten, son una realidad. Se establece como Dios nos llama a obedecer sus mandamientos y no apartarnos del camino trazado por Él.

Hoy les doy a elegir entre la bendición y la maldición: bendición, si obedecen los mandamientos que yo, el Señor su Dios, hoy les mando obedecer; maldición, si desobedecen los mandamientos del Señor su Dios y se apartan del camino que hoy les mando seguir, y se van tras dioses extraños que jamás han conocido.
Deuteronomio 11:26-28

Se debe recalcar lo bueno de cada núcleo familiar como: los valores, triunfos, logros alcanzados, estrategias de negocio, patrones de generosidad, como se estableció un precedente al seguir a Cristo, eventos que nos han ayudado a promover la unidad familiar, etc. De esta forma se enfatiza lo positivo y descarta aquello que no edifica. Al hablar se debe promover lo que lleve a nuestros hijos en un camino de fe, obediencia a Dios y su Palabra.

Más Allá del Perdón...

Al final de cada capítulo se ha creado un espacio para que podamos trabajar en equipo el tema: **"Más Allá del Perdón"** como parte de un proceso de desatar, sanar y libertar.

Dios me llevó a entender al trabajar la Consejería, en el área del perdón, que muchas veces este tema primordial e importante parecía estar resuelto en las personas, pero realmente no lo estaba. Pude ver que a pesar del esfuerzo que realizaba para ayudar a quienes venían en busca de soluciones y respuestas algo no estaba completo.

Yo sabía que muchos habían perdonado, otros no, porque una cosa es perdonar y otra diferente es ir "Mas Allá del Perdón". Así fue como me di cuenta que faltaba algo adicional, y tomé la decisión de orar hasta que recibí por medio de la revelación del Espíritu Santo lo que significa: **"Más Allá del Perdón".**

Este concepto envuelve trabajar los sentimientos desde un punto de vista consciente donde quién ha recibido la ofensa puede llegar hasta ese momento en el cuál se vivió el evento, y renunciar a las emociones y espíritus que llegaron para ocasionar daño en medio de la situación qué pasó.

Entiendo que las personas han perdonado, y las felicito por tomar esa iniciativa, pero también entiendo que otra cosa es buscar las emociones que se activaron y quedaron en el interior como producto de la ofensa y muchos no lo saben.

Es necesario indagar de manera específica y efectiva dentro del alma y la mente aquello que se quedó guardado hasta encontrarlo. Por ejemplo, una madre o padre que grita constantemente en su hogar, y a sus hijos produce: vergüenza, humillación, rabia y rencor. Estas son algunas de las emociones que necesitan ser sanadas después de perdonar.

Los siguientes pasos te ayudaran al ir **"Más Allá del Perdón"**:

1. El primer paso en la sanidad es reconocer e identificar las emociones desbordantes que produjeron la ofensa tales como: dolor, humillación, ira, rencor y todo aquello que se necesita perdonar.

2. El segundo paso es renunciar a estas emociones en el nombre de Cristo Jesús. Esto lo puede hacer uno mismo con la autoridad del Señor y ayuda del Espíritu Santo. Si por alguna razón fuera necesario busque el apoyo de su pastor rumbo a un verdadero camino de libertad.

3. El tercer paso es perdonar de corazón a los padres y las personas que causaron estas emociones negativas que hicieron daño y causaron dolor.

4. El cuarto paso es bendecir a quiénes causaron el agravio, dejarlos libres y orar para que conozcan a Cristo Jesús si todavía no lo conocen. En el caso de que sean creyentes se debe orar para que reciban un bautismo en el poder del Espíritu Santo.

5. El quinto paso es recibir libertad. Para alcanzar este objetivo se busca renunciar y echar fuera lo que no es de bendición. De esta forma se le quita el derecho legal al enemigo sobre la emoción que se expulsa. Como resultado, el espíritu está libre para recibir el fruto del que habla *Gálatas 5:22* y los sentimientos positivos que antes no tenían cabida.

Por ejemplo, cuando se renuncia y saca fuera la vergüenza, se puede recibir la confianza e identidad en uno mismo. Al entregar la humillación, se devuelve la seguridad para hablar y capacidad para expresarse porque los gritos oprimen y cohiben en como ser verdaderamente libre.

Cuando se desiste de vivir con rabia, que es un sentimiento frecuente que se guarda, llega el amor y aceptación para los demás y se es libre del rencor. Esto hace posible que se pueda amar teniendo misericordia y compasión como Cristo nos enseñó.

Este tema es muy extenso para ser expresado. He tratado de simplificar el concepto lo máximo posible para que lo puedas recibir y aplicar en tu vida y la de tus generaciones. El propósito es que al finalizar cada capítulo encuentres la libertad que Dios nos ha dado en Cristo Jesús.

6. El sexto paso es asegurarse que se ha ministrado al espíritu con el Soplo del Espíritu Santo. Al hacerlo va a sentir que se fue la carga y se recibe una verdadera libertad.

El renunciar a una emoción negativa envuelve humildad y una actitud correcta del corazón para quitar el control de nuestra vida al enemigo. Al acercarnos sin temor a los pies de la cruz y al trono de la gracia se derrama el amor de Dios Padre como un bálsamo de sanidad sobre un alma herida.

El Espíritu Santo me Hará Recordar

**Al perdonar lo has hecho muy bien,
pero ahora te corresponde sanar.**

Te invito a recorrer conmigo este camino donde estaremos "Rompiendo el Silencio" e iremos "Más Allá del Perdón". Todo esto traerá bendición a tu vida.

Las siguientes líneas te ayudarán a escribir todo aquello que el Espíritu Santo traerá a tu memoria y que necesitas resolver para poder seguir adelante.

HORA DE ROMPER EL SILENCIO

¡Pero tengan cuidado! Presten atención y no olviden las cosas que han visto sus ojos, ni las aparten de su corazón mientras vivan. Cuéntenselas a sus hijos y a sus nietos.

Deuteronomio 4:9

HORA DE ROMPER EL SILENCIO

CAPITULO II

El Espíritu Santo te hará Recordar

Y yo le pediré al Padre, y él les dará otro
Consolador para que los acompañe siempre:
el Espíritu de verdad, a quien el mundo no
puede aceptar porque no lo ve ni lo conoce.
Juan 14:16-17

Cuando empecé a descubrir y tener una relación continúa con el Espíritu Santo fue maravilloso. Logré encontrar con quien hablar, y a quién preguntar asuntos sobre los que no tenía respuestas. Dios fue entrenándome y esta persona de la Trinidad me ayudo a saber cuándo callar y cómo adquirir sabiduría. Te invito a desarrollar este vínculo personal que se encuentra accesible para todo aquel que lo anhela, y lo recibe por fe haciéndolo parte de su diario vivir.

El Espíritu Santo es la tercera persona de la Trinidad que te lleva a recordar. Para que puedas alcanzar este objetivo debes ser sensible y obediente a su voz, y no endurecer el corazón siendo sabio en tu propia opinión. Él te dirá donde buscar, y te guiará hacia lo que debes hacer de forma muy precisa. El seguir su dirección te ayudará a traer sanidad. A veces se empieza por cosas pequeñas, y luego se va haciendo crecer y desarrollar el siguiente nivel de fe.

Puedo comparar este proceso con las etapas de una relación que poco a poco y con interacción diaria va haciéndose más fuerte, y en la cual florece la pasión. Cuando escuché como era nuestro amigo me dije: "bueno lo voy a hacer." Así que me propuse en cada momento que Dios despertara mi anhelo de conocer el Espíritu Santo y mi amistad con Él creciera.

Al leer la Biblia mi deseo por su presencia, guía y dirección aumentaban más. El Señor me estaba llevando en el camino de la verdad y santidad hacia la sanidad y liberación. Es básico descubrir y conocer las emociones.

Al fortalecer mi relación con el Señor Jesucristo por medio del Consolador pude ver la grandeza de esta maravillosa unidad con el mismo Espíritu de Dios viviendo nuevas experiencias cada día en su presencia.

Voy a dar algunas ilustraciones de como llegué a una nueva etapa con el Espíritu Santo según dependía más de su guía. Quiero decirles que Él es un caballero y susurra de una manera suave cuando habla dando la dirección exacta de lo que se debe hacer. Como resultado de ser obediente a su voz ahora está presente en mi vida en todo momento.

Te voy a contar cómo en ciertas ocasiones se me han perdido cosas de valor e importancia y recurro a la ayuda del Espíritu Santo de Dios. Este se conecta con nuestro espíritu y nos muestra de diversas maneras, en especial por los sentidos espirituales donde buscar para que podamos obtener la respuesta y encontrarlas.

Hace unos años fui a una actividad lejos de mi casa y perdí un anillo de oro. Al orar, le pedí dirección al Señor y me mostró donde estaba. Tomé el auto y regresé al lugar transcurrida una semana del evento. Justo donde estacioné mi carro empecé a buscar y para mi sorpresa !allí lo encontré!

El escuchar su voz y desarrollar una sensibilidad y dependencia a lo que anuncia por venir nos hace vivir enamorados de su presencia. Lamentablemente cuando se vive afanado en medio de un mundo donde hay tanta distracción y ruido se puede perder esta maravillosa oportunidad de vivir bajo su cuidado.

Ahora te voy a presentar algunos ejemplos de como recibí la guía del Señor cuando le pedí al Espíritu que me diera la sabiduría para hablar. Él empezó a concientizarme cuando debía guardar silencio, ser prudente y escuchar. Hubo circunstancias donde si hubiera dicho lo que pensaba el efecto adverso de un impulso hubiera tenido consecuencias. El ser sensible a la instrucción del Padre me libró de esas situaciones.

Dios me llevó como parte del proceso de entrenamiento a desarrollar la humildad y aprender a discernir cuando era el momento donde el ambiente era adecuado para plantear mi punto de vista. De esa manera sería bien recibido y de bendición al traer sabiduría.

Así fui familiarizándome con Él y logrando establecer un vínculo más fuerte cada vez que le escuchaba y obedecía esa voz interior. Es necesario estar expectantes de su presencia y discernir su voz ya que al obedecerle se recibe bendición. Esa emoción y gozo que se siente cuando nos sorprende es maravillosa. Muchas veces uno solo sonríe y está feliz en complicidad con Dios porque sabe que tiene una linda relación con Su Espíritu Santo.

Esta es la forma como debemos vivir cada día. Esto hace que crezca el fruto del Espíritu en nuestro ser interior. Te invito a practicar este modelo que Jesucristo nos enseñó siendo sensible a la voz del Consolador. El caminar en este nivel de fe conlleva creer a Dios, en Dios y Su Palabra. El Padre no fuerza a nadie a creer. Cada uno de nosotros tiene una medida de fe, y es necesario buscar que aumente hasta llegar a la estatura del varón perfecto en Cristo Jesús.

Dios desea la sanidad de sus hijos e hijas, pero debemos recibir el poder del Espíritu Santo en nuestra vida. El Padre quiere traer a tu memoria aquellos episodios que han sido bloqueados y olvidados porque te causaron dolor. Te exhorto a orar y pedir al Espíritu Santo que te muestre lo que debes resolver para alcanzar libertad en cada área de tu vida.

Cuando le permitimos al Señor entrar en cada rincón de nuestra alma, mente y corazón; Él buscará sanar las memorias necesarias. En la medida que se le permite trabajar con los eventos que causaron daño y afectaron nuestras emociones iremos "Más Allá del Perdón" en un proceso de renovación.

Más Allá del Perdón...

En este "Más Allá del Perdón" vayamos en humildad ante el Señor reconociendo que hemos limitado su existencia, presencia y poder. Reconozcamos que por nuestras fuerzas e intelecto podemos caminar, avanzar y seguir adelante, pero lo necesitamos a Él.

Muchos de nosotros hemos dependido de nuestro yo y nuestra propia sabiduría para caminar, en lugar del Espíritu Santo de Dios. El conocer de forma más profunda esta persona de la Trinidad nos lleva a establecer un vínculo más cercano con el Padre Celestial haciéndonos consciente de su presencia y necesidad en cada momento de nuestra existencia.

Reconozcamos que Dios es soberano y utiliza el Consolador cuando se lo permitimos para traer a nuestro interior todo aquello que necesita ser sanado. El Padre desea que podamos disfrutar una vida plena en Jesús.

El llegar a Cristo trae consigo el que se reciba un nuevo espíritu. Este se encuentra libre de pecado, pero es necesario sanar el alma y las emociones de todas las marcas y heridas que se traen; y de las cuales muchas veces no estamos conscientes. Vemos que la Biblia dice en *3 Juan 1:2* *"Querido hermano, oro para que te vaya bien en todos tus asuntos y goces de buena salud, así como prosperas espiritualmente."* Esta misma cita en la versión Reina Valera 1960 lee como sigue: *"Amado, yo deseo que tú seas prosperado en todas las cosas, y que tengas salud, así como prospera tu alma."*

Estamos siendo exhortados a prosperar espiritual y emocionalmente. En ocasiones solo nos enfocamos en lo físico y material olvidando lo que llevamos dentro. Recordemos que lo interno se va a reflejar hacia el exterior.

En la medida que le proveemos apertura en nuestro interior

al Espíritu Santo de Dios, nuestra mente será transformada, y comenzaremos a disfrutar el poder de la resurrección de Cristo Jesús que sana, liberta y renueva. Como resultado de esta obra maravillosa no sólo somos alcanzados nosotros, sino nuestras generaciones, y los que están a nuestro alrededor.

Es necesario perdonarnos por las decisiones erradas que tomamos sin contar con el Señor. Muchas de éstas nos llevaron en una dirección diferente a la que Dios había determinado para nuestra vida. La buena noticia es que en Jesucristo siempre hay esperanza de corregir y es tiempo de volver al camino correcto. Hoy te animo a aceptar este reto, ¿estás dispuesto a preguntar al Espíritu Santo lo que debes recordar?

EL ESPÍRITU SANTO TE HARÁ RECORDAR

El Espíritu Santo me Hará Recordar

HORA DE ROMPER EL SILENCIO

Y yo le pediré al Padre, y él les dará otro Consolador para que los acompañe siempre: el Espíritu de verdad, a quien el mundo no puede aceptar porque no lo ve ni lo conoce.

Juan 14:16-17

HORA DE ROMPER EL SILENCIO

CAPITULO III

Dios ¿Dónde está el Manual?

*Yo lo he elegido para que instruya a
sus hijos y a su familia, a fin de que se
mantengan en el camino del Señor y pongan
en práctica lo que es justo y recto.
Así el Señor cumplirá lo que le ha prometido.
Génesis 18:19*

En cuántos hogares se menciona esta cita desde el momento donde una mujer queda embarazada hasta que nace su primer bebé, y aun en los momentos más difíciles que se enfrentan en la crianza de un hijo.

La pregunta que muchos se hacen es ¿cómo levantar sus hijos sin equivocarse al no tener una guía sobre como ejercer esta función? Es un verdadero reto el pensar como ser buenos padres o intentar serlo.

Seguramente has escuchado, dicho o pensado alguna vez: ¿dónde está el manual para ser padres? Les aseguro que cuando tuve el privilegio de ser madre se escuchaba mucho esta frase. Al estar de moda se quedó marcada en mi memoria ya que me tocó esta responsabilidad siendo muy joven.

A continuación te presento algunas respuestas que buscan

ayudarte a ser mejor con tus hijos. Me gustaría animarte si todavía no eres padre o madre a que te prepares para esta tarea. Si lo eres, y tus hijos son pequeños empieza a trabajar hacia ese objetivo; y si son grandes puedes obtener cambios sorprendentes con la ayuda de Dios en su infinito amor y misericordia. Yo soy un testimonio de lo que aquí escribo y como el Señor puede redimir el tiempo.

Comenzaremos hablando sobre ¿qué es un manual? Se puede decir que es un libro o cuaderno donde se reciben instrucciones para entender y adquirir los pasos a seguir en alguna destreza. He visto a lo largo del camino que no podemos dar lo que no tenemos; pero existe la capacidad de aprender. Al hacerlo podemos entregar de lo que recibimos y ser de bendición a otros. Un gran error que se comete es dar más afuera del núcleo familiar que adentro. Este hecho hace que nazca un vacío que desequilibra el hogar y la familia.

En Jesús hay buenas noticias. A pesar de los obstáculos que se deben superar en la búsqueda de ser un buen padre o madre cuando no se ha podido ejercer bien esta función, en Dios es posible. El Padre Celestial nos enseña a contar con su fidelidad y guía hasta que veamos la recompensa de esta decisión.

Yo lo he elegido para que instruya a sus hijos y a su familia, a fin de que se mantengan en el camino del Señor y pongan en práctica lo que es justo y recto. Así el Señor cumplirá lo que le ha prometido. Génesis 18:19

Dios nos instruye y corrige para que así también lo hagamos con nuestros hijos, y disfrutemos el fruto de este esfuerzo. Es necesario educar a los niños en un balance correcto entre: ternura, amor, autoridad, firmeza, disciplina y respeto; pero es más importante reforzar la acción que los lleva a cumplir lo que se les dijo, y no lo que ellos quieren hacer. Como padres enfaticen las palabras para que vayan de acuerdo con los hechos a fin de que se cumplan los valores que se les están mostrando.

El propósito de un hijo es llegar como un regalo de vida a la familia sobre cualquier circunstancia y entendimiento humano. Sin embargo, en ocasiones las decisiones tomadas no van de acuerdo con el diseño original. Uno de los grandes responsables de este hecho es caminar sin visión, revelación, propósito o dirección trayendo como resultado familias fuera del orden y alineamiento de Dios.

Educar fuera del marco de Cristo Jesús es un problema porque no se están preparando los hijos como flechas para poder manejar las dinámicas a las cuales se van a enfrentar día a día a lo largo de su caminar.

Los padres somos llamados como guerreros a criar nuestros hijos para que puedan hacer frente a los obstáculos de la vida. Cada día se debe afirmar hacia dónde se deben dirigir. Cuando este patrón no está presente es necesario trabajarlo y establecerlo.

Puedes alcanzarlo al buscar que se de en tu vida primero, y luego en tu familia. Así van a ir moviéndose hacia un balance sano en el hogar. Para todo esto es importante saber que se depende de Dios, y no de nuestras propias fuerzas.

Establece un plan de trabajo en equipo. Cuando los padres están casados, el unirse cómo pareja y estar en acuerdo en lo que se quiere hará una gran diferencia. Si no lo están, oren y trabajen hasta lograrlo. Si se es padre o madre soltero, también lo puedes alcanzar solo que con más dedicación y esfuerzo al tener que hacer el trabajo de dos.

Te animo a intentarlo, ser constante, perseverar y pensar que lo vas a lograr con la ayuda del cielo. Soy madre de cuatro hijos, y desde joven tuve que dedicarme a construir mi familia, y establecer la estructura necesaria para una buena edificación. Este es un hermoso trabajo que Dios da a los padres para que se vayan levantando núcleos sólidos sobre una base de: principios, reglas, balance, tradiciones, costumbres y mucho amor.

Se puede establecer un plan de acción a un año, dos, cinco o una década, aunque el trabajo de padres e hijos para mantener relaciones saludables dura toda la vida. Es maravilloso ver el resultado cuando cada miembro de la familia conoce su función y sabe hacia dónde va.

El continuar una práctica saludable de los roles lleva a que los hijos vayan copiando el manual establecido por sus antecesores, pero integrando una mejor estructura a sus generaciones. Esta va a estar compuesta por lo que ellos aportaron junto a lo que aprendieron, y siguieron practicando. Además, se puede ir eliminando aquello que limita el crecimiento o no fue de bendición.

Estos patrones se convertirán en una rutina natural cuando los hijos se casen, y será más fácil que encuentren su pareja de acuerdo con la visión establecida de armonía que trajeron de su hogar o la que desean que prevalezca en el que formaran.

Es importante seguir los fundamentos bíblicos, y saber que es un trabajo que se hace de forma consciente y acumulativa donde se debe valorar el tiempo y los años como parte de una siembra.

Los hijos son una herencia del Señor, los frutos del vientre son una recompensa. Como flechas en las manos del guerrero son los hijos de la juventud. Salmo 127:3-4

Los padres somos los responsables de dirigir el timón en la vida de nuestros hijos hasta que ellos puedan tomarlo por sí mismos. La escuela y la iglesia son herramientas de apoyo en esta tarea, pero no pueden ser responsables, ni culpables por el resultado del trabajo dentro del hogar.

La verdadera y segura dirección para un hijo viene directo de papá y mamá; y requiere mucho tiempo, esfuerzo y entrega en especial en los primeros años de vida. El no realizar esta labor de forma correcta durante las etapas correspondientes trae consecuencias: a corto, mediano y largo plazo. Una de estas es que se pueden criar hijos: sin valores, egoístas, con marcas de rechazo, rebeldía, manipuladores, y ausentes de confianza o seguridad en sí mismos, entre otras.

Voy a hablar de mi testimonio como madre y abuela. Como mamá no tuve el tiempo suficiente para estar con mis hijos porque los eduqué sin su padre. Luego me tuve que esforzar demasiado para tratar de compensar esta carencia. En mi corazón sabía que no les había otorgado el tiempo que requerían. Este hecho me trajo tristeza, y a ellos también aunque muchas veces los hijos no expresan verbalmente lo que sienten en su interior.

Cuando llegué a los pies de Cristo tuve la oportunidad de abrir mi corazón ante Dios, y ante mis hijos para mostrar el arrepentimiento y dolor que sentía por no haber podido contar con el tiempo deseado para sembrar en ellos. Le pedí al Señor que me diera la oportunidad de redimir el tiempo no vivido como familia. Como resultado de una sincera oración, el Padre Todopoderoso que escucha cuando estamos dispuestos a hacer cambios, me redimió el tiempo para dedicarles siendo adultos y enmendar lo que antes no había podido hacer.

Así se llenaron muchos vacíos interiores en mis hijos y en mi persona. Como parte del proceso hubo perdón, y ahora nos amamos más. Logré entender que mis padres no tuvieron el tiempo necesario para entregarme aunque me amaron, y por eso crecí sin ese valor familiar tan necesario. Al no haber visto ese modelo, no pude practicarlo; pero en Dios siempre hay ganancia.

Veo como un milagro lo que ocurrió y donde sin importar la edad pude recibir la dirección y revelación del Espíritu Santo sobre cómo corregir los errores del camino. Gloria a Dios por Jesucristo, su gracia, amor y perdón que trae salvación, restauración, restitución y retribución.

Como regalo he recibido el transformar un patrón errado de familia y estoy participando activamente en la crianza de todos mis nietos. Esto a la vez me permite disfrutar una relación más cercana con mis hijos. Dios ha usado principalmente mis hijas para que disfrute con mis nietas y mi nieto las etapas que antes no pude vivir.

Así he logrado sembrar en sus vidas mis experiencias, sabiduría, y sobre todo mucho amor y ternura. Es un gozo y una satisfacción cuando me piden que les cuente algunas historias familiares y vivencias prestando mucha atención e interés a lo que les digo. A la vez me da la oportunidad de compartir un legado familiar con las siguientes generaciones.

Le doy gracias al Señor por la entrega de ellos como padres cuando veo como disfrutan sus familias. Me gustaría decir que cuando un hijo o una hija se casan no se pierde, sino que se gana. El recibir en el núcleo familiar la persona que se une en matrimonio con nuestra descendencia añade valor a la familia si se logran integrar, aceptar y respetar los unos a otros.

Es hora de cambiar el destino para no repetir en la siguiente generación lo que muchos de nosotros tuvimos que atravesar. Es hora de despertar y enseñar a otros lo que aprendimos en Cristo para que puedan vivir el diseño original de una familia realmente sana. En Jesús hay respuesta y una puerta de salida.

Es lamentable que los patrones de padres a hijos regresen trayendo resultados visibles en la sociedad, porque se decidió guardar silencio y callar. Si tu familia va rumbo al naufragio o en dirección errada, tu testimonio en Cristo Jesús tiene el poder de lograr la libertad de quienes lo escuchan. No se pueden esperar resultados nuevos en el hogar repitiendo modelos incorrectos de conducta y sin buscar sanar las heridas del pasado que se traen en el baúl o cofre familiar.

Dios Padre envió a Jesús para traer libertad y promoverla en cada uno de sus hijos. El vivir de esta manera permite hablar sobre sucesos y experiencias, muchas veces dolorosos que otros callaron.

El enemigo viene a cobrar lo que no ha sido sanado en la línea generacional al buscar que se vuelvan a cometer los errores hechos por padres y abuelos como efecto de guardar silencio.

Se puede decir que somos esclavos de lo que callamos; pero también hacemos esclavos a nuestros hijos y nietos al no hablar.

Un testimonio con un buen resultado donde el Señor se glorifica es una herramienta que otros pueden recibir. Este es uno de los motivos principales por los cuales este libro fue hecho. Recuerda que es importante tener un diálogo programado y consciente con tu familia y escuchar sus corazones dirigiéndolos al bien.

Jesús vino a libertar la cautividad. Isaías 61:1

Más Allá del Perdón...

Es hora de ir más allá del perdón. Si tus padres no pudieron tener el tiempo para invertirlo en tu infancia y crecimiento por razones de: trabajo, viajes, separación y otras circunstancias, te invito a escribirles una carta diciéndoles que los perdonas y porqué. Es posible que puedas llorar mientras los desatas; pero es necesario rumbo a una verdadera libertad.

Identifica que produjo en ti lo vivido, y los sentimientos causados. El Espíritu Santo te hará recordar. Prepara una lista de tus emociones y ve una a una sobre ellas. Se debe renunciar al: rencor, odio, ira, sentido de abandono u orfandad, rechazo, falta de atención, ansiedad, soledad, falta de identidad y valor, dolor causado por las personas que te cuidaron y quizás te maltrataron o abusaron, etc. Renuncia a estos patrones negativos en el nombre de Jesús,

El perdón debe ser de corazón. Escoge bendecir y orar para que tu familia conozca a Jesucristo y tengan un verdadero encuentro con un Dios Vivo. Así los sueltas, dejas libres y respiras aire limpio en tus pulmones ya que quien ha sido liberado eres tú. Perdonando se es libre.

Muchas personas me han dicho: "no puedo perdonar" porque creen que al perdonar van a tener que vivir lo que ya pasaron antes. Esto no es verdad. Una cosa es perdonar y quedar libre; otra diferente es someterse a lo mismo y restaurar una relación que te va a dañar o perjudicar porque la persona que fue desatada no ha cambiado.

El perdón es por obediencia y es una decisión. Si crees que no puedes hacerlo busca ayuda en el Espíritu Santo sometiendo tu corazón y voluntad al Señor.

Si necesitas ayuda, pídela a tus pastores para que renuncies a estos sentimientos en el nombre de Cristo Jesús. Así le quitas el derecho legal al enemigo para usar esas emociones sin resolver en tu contra. Todo esto opera como un acto de FE que activa el poder de la resurrección de nuestro Señor Jesucristo en tu vida.

Al salir de la aflicción que te acompaño por años aun sin haber estado consciente de este hecho, recibirás libertad y sanidad en el área resuelta. Por ejemplo, si renunciaste a la ira, reclama: la paz, humildad, calma, serenidad, mansedumbre y templanza que llegan cuando se va el enojo. Ora para que el Señor llene tu interior con el poder del Espíritu Santo y el fruto que este trae.

Si tuviste abandono o rechazo en tu vida recibe la aceptación e identidad que vienen al sentirse amado. Cuando se va la tristeza busca estar en gozo y alegría sellando ese fruto del espíritu en tu interior. Es hermosa la sensación de saber que somos hijos o hijas de Dios. Aprende a amarte y aceptarte a ti mismo y disfrutar vivir en compañía del Espíritu Santo de Dios. Nunca estamos solos si el Señor está con nosotros.

Aunque mi padre y mi madre me abandonen, el Señor me recibirá en sus brazos. Salmo 27:10

Una vez pasas este proceso desecha la culpa que el enemigo y otros quisieran hacerte recordar. En Dios lo que se perdona es borrado para siempre.

Uno de los mayores favores que podemos hacernos a nosotros mismos es desatarnos, así como entregamos el perdón a nuestros padres y familiares que nos causaron dolor. Es importante ir ante la presencia de Dios porque cuesta trabajo pedir perdón y darlo. Sin embargo, es necesario superar el obstáculo del orgullo y traer una verdadera paz al interior como reflejo de una nueva actitud ante la vida.

HORA DE ROMPER EL SILENCIO

El Espíritu Santo me Hará Recordar

Yo lo he elegido para que instruya a sus hijos y a su familia, a fin de que se mantengan en el camino del Señor y pongan en práctica lo que es justo y recto. Así el Señor cumplirá lo que le ha prometido.

Génesis 18:19

HORA DE ROMPER EL SILENCIO

CAPITULO IV

Proyecto de Vida

*Así que ya no son dos, sino uno solo.
Por tanto, lo que Dios ha unido,
que no lo separe el hombre.
- Mateo 19:6 -*

Hasta ahora hemos hablado de los padres, pero visualice una joven que desde niña soñaba como sería el día de su boda. En especial al jugar con sus amigas, y conversar del tema. Ella sentía mucha emoción ya que desde temprana edad se les dice a las chicas que un día se van a casar. Se ven las bodas en películas y al asistir a alguna ese momento queda grabado en sus mentes como un sueño por cumplir.

Las chicas se quedan pensando en ese esposo que llegara para lograr ese día tan anhelado. Es importante alimentarles esta idea hasta que sea el tiempo, y hablarles sobre las cualidades de ese hombre que Dios va a traer de acuerdo con su perfecta voluntad. Se debe recalcar la importancia de orar por él, y ser obedientes al Señor, así como a los padres para alcanzar este objetivo.

Cuando nos remontamos a la alegría que sienten las parejas de novios que están preparando su boda vemos que hay una gran expectativa, y muchos sueños con relación al futuro que van a comenzar juntos. Las miradas de amor, el tomarse de las manos, así como cada detalle que los une se proyectan al organizar todo lo relacionado con ese maravilloso día donde frente a Dios, familiares, amigos y testigos llegaran al altar en una ceremonia matrimonial.

Además de todo el amor que cada contrayente trae a la relación antes de casarse, es sabio y sano reunirse con un consejero. Este puede ayudarles a realizar una lista de las fortalezas y debilidades que cada uno tiene. El diagrama de las emociones que se presentara en un siguiente capítulo puede ser aplicado a la vida en pareja donde se edifica en base a los fundamentos y materiales que cada uno recibió. Se debe construir un balance y dar estructura al nuevo hogar.

Todo esto busca reducir la entrada de los malos hábitos y costumbres negativas dando paso a los patrones que aportan al bienestar y crecimiento del núcleo familiar. Yo le llamo desocupar las maletas personales al soltar e ir ligeros de peso a su nueva vida de casados donde se integraran como uno.

Cuando se habla de vaciar las maletas se refiere a:

- Entrar en diálogo y acuerdo cada uno reconociendo los cambios que son necesarios para integrarse como pareja.
- Ambos se comprometen a la transformación mediante la acción para ver resultados.
- Luego se da el seguimiento a lo que se propusieron con responsabilidad hasta que queden establecidos los parámetros en el nuevo hogar dejando fuera lo que no va a bendecir.
- Se deben evaluar las metas cada cierto tiempo para modificar, y si es necesario remover o añadir objetivos de acuerdo a la necesidad.

Por lo general una boda transcurre de prisa aunque se puede tomar un año o más en planificarse; pero se olvida dentro de esa planificación tomar en cuenta lo que acabo de explicar donde la consejería prematrimonial debe ser prioridad. Al concluir la fiesta donde se disfruta un delicioso pastel, lo ideal es que los novios se acoplen como: esposos, amigos, amantes y se promueva un excelente diálogo y camaradería.

Para este objetivo es importante llevar las maletas vacías ya que se está formando una nueva familia. La tan esperada luna de miel donde los recién casados van cargados de alegrías y esperanzas provee el espacio único para comenzar la búsqueda de esta maravillosa etapa al unirse como uno un solo cuerpo.

> *Por eso el hombre deja a su padre y a su madre, y se une a su mujer, y los dos se funden en un solo ser. Génesis 2:24*

> *Así que ya no son dos, sino uno solo. Por tanto, lo que Dios ha unido, que no lo separe el hombre. Mateo 19:6*

Estas citas describen como Dios desea que se establezca el matrimonio que en un comienzo estará compuesto por dos personas que vienen cada uno de un núcleo diferente para ahora formar su propia familia. Dos apellidos se unen para que dos individuos afirmen la unidad volviéndose un solo hogar. Para que esto ocurra cada cual tendrá que ceder en diferentes áreas y buscar fusionarse en un solo ser.

Quiénes cultivan la comunicación buscan el enlace para levantar un hogar estable. Así se evita la apertura a lo que pueda servir como piedra de tropiezo en la ruta de una pareja felizmente casada que trabaja en conjunto el legado que están estableciendo.

Cuando un matrimonio invita a Cristo Jesús a su hogar los problemas tienen solución y existen mayores posibilidades de prevalecer y permanecer unidos como familia sobre los obstáculos que se puedan presentar en el camino por haberle dado espacio a Dios, y la guía del Espíritu Santo en sus vidas.

Un punto a considerar que se observa como una posibilidad durante la luna de miel es el hermoso momento de convertirse en padres. Sin embargo la mayoría de las parejas prefiere disfrutar esta nueva etapa que viven, fortalecer los vínculos, y dejar esa tarea para más adelante.

A pesar de esto, cuando ambos regresan al hogar que arreglaron con esmero y amor, surge la pregunta al ver el entorno ¿estaremos listos para ser padres? Los hijos representan la segunda etapa del proyecto de vida. El hacer un breve recuento de las etapas en el camino, y la inversión de tiempo y esfuerzo que se necesitara para establecer una familia les ayudara a decidir en qué momento los niños deben llegar.

Una vez en acuerdo se esperan con ilusión los pequeños teniendo en cuenta que las prioridades van a cambiar. Se tendrán muchas épocas de ajustes y sacrificio, tanto del padre como la madre en la búsqueda de hijos estables, criados con valores, y con respeto por Dios y los demás. La recompensa de esta siembra es un regalo maravilloso que Dios provee, y se ve según pasan los años. De esto hablaremos más en detalle durante los años dorados.

Cada temporada que transcurre en la vida de nuestros hijos conlleva diferentes enseñanzas y dirección de acuerdo con las estaciones por las cuales van caminando. Es importante hablarles, escucharlos, cuidarlos con amor y ternura, mostrándole los pasos a seguir y corrigiendo lo necesario para crear un buen cimiento antes de que entren a la etapa escolar. La identidad de los chiquitos debe ser continuamente reforzada a la vez que se educan.

En nuestra tarea como guardianes, los padres tenemos que estar conscientes del balance saludable entre el amor y afirmación que junto a la disciplina, orden y estructura les ayudara a nuestros hijos a lo largo de la vida. Tenemos que entender que los niños son parte vital del proyecto de vida.

Nosotros muchas veces hablamos del gran día donde por ejemplo los pequeños van a un prekínder. Este día es muy importante ya que a pesar de ser infantes se marca un recuerdo que va a quedar en su memoria. Aquí suceden muchas cosas que luego pueden traer consecuencias positivas o negativas.

Algunos niños y niñas pasan por un tiempo donde el temor prevalece al no querer quedarse en el cuido o escuela. Es necesario escucharlos y estar atentos a las señales que ellos presentan aún a su corta edad ya que muchas veces se les ignora sin saber las razones de peso que los llevan a actuar de esta manera.

Se debe promover que antes de llegar este momento se eduque a los hijos en el hogar activamente y promueva la comunicación que trae la conexión con los padres, así se va formando un carácter firme y correcto desde temprano, Además se comienza a darle herramientas que les servirán para defenderse en la vida y se guarden buenas memorias que los ayuden luego.

En mi opinión personal me gusta promover y fomentar el que los niños puedan ser educados mediante el sistema de "homeschooling" o homeschool" donde tienen el privilegio de ser instruidos por sus padres. En el caso de que esta opción no sea posible el asistir a un colegio cristiano también sería de gran ayuda. He visto como muchas veces los padres se sacrifican para tomar alguna de estas opciones viendo los buenos resultados de su esfuerzo en la crianza de sus hijos.

El primer día de clases donde nos desprendemos de nuestros pequeñitos por varias horas (ya sea por la salida a la escuela o colegio, o porque van a tomar clases en línea) marca cambios y pautas significativas en la relación. Hoy en día la enseñanza virtual se ha establecido como una nueva opción y modalidad en los tiempos que vivimos como mencionamos antes.

Lo importante es la preparación mayormente emocional de los niños rumbo a una disciplina diferente a la rutina que traían. Una etapa lleva a la otra, y mientras más se equipan en el hogar, menos tropiezos tendrán al salir de este. Así como llevan una mochila correcta con las útiles escolares deben llevar una con las herramientas necesarias para superar los nuevos retos, obstáculos y situaciones a las cuales se van a enfrentar.

Según transcurre el tiempo los chicos alcanzan la primaria, y es muy importante reforzarles la seguridad. Así seguirán escalando peldaños hasta llegar a la escuela superior, estudios secundarios, "high school", bachiller o bachillerato. Estos son diferentes nombres y categorías para los diferentes grados de acuerdo con el país o nación donde se está estudiando.

Por lo general durante esta etapa todo es diferente. A las chicas se les celebran los quince años, ya que es una tradición. Para las niñas esto equivale a una fiesta que para muchas es como un sueño de princesa, mientras que para otras es una temporada triste ya que pasa desapercibida al no tomarse en cuenta.

Para los varones es una época importante donde se establecen vínculos fuertes con la figura paterna. Esto les ayuda a sellar esa identidad masculina que les guiara en la dirección correcta según avanzan en el proceso de maduración y seguridad.

Cada decisión como padres que se toma tiene peso y valor en la vida de los hijos. En ambos casos el refuerzo de la definición les ayudara a establecer una identidad sexual saludable cuando sea el momento adecuado de escoger una pareja para casarse.

El que halla esposa halla el bien, Y alcanza la benevolencia de Jehová. Proverbios 18:22

En este punto los jóvenes son más grandes y los retos más difíciles. El saber escuchar, obedecer y estar seguros de sí mismos con una identidad definida les hará avanzar con paso firme hacia su graduación. Este tiempo representa un triunfo de varios grados que si se superaron con éxito estarán estableciendo un buen fundamento para la vida adulta, así como para el resto del camino.

He pretendido dar un resumen de la dirección que se debe dar a los hijos hasta llevarlos a la universidad y como encontrar su esposa. Voy a seguir hablando luego de estas etapas en detalle. Lo que menciono es más o menos lo que se considera normal y va de acuerdo con el diseño de Dios para la familia.

En adición a lo expuesto vamos a tomar en cuenta diversas situaciones difíciles como las que vamos a mencionar a continuación. Una de estas es la ausencia de uno o ambos padres. Esa es una de las problemáticas que más afecta y marca a un menor. La misma puede ser física, pero también emocional.

La presencia de un padre y una madre son necesarias en la vida de los hijos. Las estadísticas hablan de un 80% de chicos sin uno de los padres hoy. Tanto el padre como la madre aportan las bases y sabiduría en la formación de la generación que se está levantando. Estas van a seguir construyendo su propio manual de vida sobre lo que se les entrega.

Cuando los progenitores no están presentes o por alguna razón el menor es alejado de uno o ambos padres, se producen marcas de rechazo y problemas de identidad; así como de seguridad con los cuales se tendrá que trabajar hasta que sean superados.

Entre las circunstancias por las cuales surge la separación de uno o ambos padres de un menor se encuentran: el divorcio, emigración, educación, enfermedad, adicciones, pérdida, etc. Cada uno de estos eventos es un problema fuerte que necesita ser atendido adecuadamente y hablarse en lugar de ser guardado en el baúl de los recuerdos.

He visto a lo largo de los años que es más sencillo superar una situación adversa cuando se da el espacio para sanar por medio de mucha comunicación, aceptación, amor y fe. Estos son ingredientes indispensables, así como la disposición de los adultos para ayudar a los chicos a superar los eventos que tuvieron que atravesar al exponer y resolver lo que provocó la situación de dolor.

El no querer enfrentar, ni resolver, lo que se sabe o se vive puede traer que se repita ese ciclo que se evadió en una siguiente generación. Además, el guardar las emociones y reprimir lo que debe ser expuesto lleva a que se sufran condiciones físicas y emocionales, cuando el cuerpo no tiene vías de escape para liberar la presión que generan los sentimientos sin resolver. De esto vamos a hablar en este libro y el siguiente: "Tiempo de Libertad."

Mientras guardé silencio, mis huesos se fueron consumiendo por mi gemir de todo el día. Mi fuerza se fue debilitando como al calor del verano, porque día y noche tu mano pesaba sobre mí.
Salmos 32:3-4

Es necesario hablar, exponer, resolver y sanar lo que no salió como se esperaba o trajo dolor en la vida de los abuelos, padres, hijos y nietos cuando se quieren ver generaciones restauradas por el poder del Espíritu Santo y la resurrección de Jesús.

En tiempo aceptable te he oído, Y en día de salvación te he socorrido. He aquí ahora el tiempo aceptable; he aquí ahora el día de salvación. 2 Corintios 6:2

Que hermoso es saber que en Dios hay esperanza cuando buscamos enmendar nuestras sendas y derramar el corazón con sinceridad y humildad ante un Padre Celestial que nos ama. Vemos como al abrir nuestra alma para sanar se activa: su amor, gracia y misericordia.

Puedo decirle que el tomar las decisiones adecuadas desde el comienzo y permitir al Señor guiar nuestra vida al escoger con quién vamos a formar una familia, va a afirmar esa unidad de la que se habla al comienzo del capítulo.

Es maravilloso poder vivir las etapas. La del matrimonio no es la excepción. La selección de esa pareja a la cual nos vamos a unir va más allá de la planificación, la ceremonia, el pastel, y la luna de miel. Estos son los momentos que por lo general más se disfrutan, pero después de esto comienza un proyecto de vida.

El buscar consejería prematrimonial y orientarse ante esta nueva aventura que se emprende traerá herramientas que ayudaran a la familia que va a comenzar. Todas las parejas tendrán situaciones; pero con la ayuda de buenos consejos y la actitud adecuada se pueden superar en bendición.

En resumen, un bebé nace, se prepara para los años primarios, secundarios, la fiesta de los quince, graduación, universidad y el día de la boda; pero todo esto sería de mayor bendición cuando hay una iglesia donde como familia se va cada domingo, y juntos disfrutan la presencia de Dios. Allí los chicos pueden encontrar otros jóvenes que están buscando del Señor, y tienen su mirada en Jesús como Salvador siendo instruidos en la Palabra de Dios. Existen momentos en la vida donde sólo esa fe en: el Padre, Hijo y Espíritu Santo los ayudará a seguir adelante.

Los padres necesitamos dejar una base sobre la cual las siguientes generaciones puedan edificar y construir. Este es el anhelo de Dios y debería ser el nuestro. Muchos de nosotros lamentablemente no lo pudimos experimentar así en un comienzo. En mi caso mis padres se divorciaron; y quedé embarazada siendo muy joven. Por lo tanto, no pude disfrutar de una boda como las he visto, y he ayudado a organizar. Por esta razón me apasiona alentar a otros a alcanzar lo que no pude vivir durante esa etapa.

El aconsejar a quiénes Dios me permite hacerlo y aportar con el conocimiento y las experiencias recibidas ha traído sanidad a mi alma. En especial cuando escucho y veo los testimonios que demuestran cómo es posible cambiar el rumbo de una historia. Muchas parejas y familias que lo logran y lo alcanzan siguen la instrucción y corrección de Dios, así como las recomendaciones que se les ofrecen.

El siguiente versículo quedó escrito en mi corazón como el modelo que Dios le entregó al patriarca Abraham.

Yo lo he elegido para que instruya a sus hijos y a su familia, a fin de que se mantengan en el camino del Señor y pongan en práctica lo que es justo y recto. Así el Señor cumplirá lo que le ha prometido. Génesis 18:19

Luego de haber pasado tantas situaciones en mi vida como resultado de las elecciones erradas de mis padres; y algunas de las que tomé, decidí buscar a Dios, y tenerlo presente en cada paso de mi vida. Esto cambio mi historia y la de mi familia por completo.

Ahora es un privilegio servir al Señor, dar testimonio de su fidelidad y amor, así como poder ayudar a otros a salir adelante. Te animo a intentar cambiar el rumbo de tu vida y la de tu familia.

Más Allá del Perdón...

El mayor deseo del Espíritu Santo es que una vida pueda ser libre del dolor y del pasado que le afecto. En este capítulo, y como parte de este objetivo, tienes la oportunidad de perdonar eventos que te afectaron si no tuviste la dirección correcta para vivir cada etapa de tu vida.

Es tiempo de remontarse a las diferentes épocas y buscar perdonar a sus padres, a usted mismo, o a quién sea necesario para sanar las situaciones difíciles que trajeron: errores, etapas no vividas, frustración, vergüenza, acusación, tristeza o dolor. ¡Es tiempo de ser libre en el nombre de Cristo Jesús!

Recuerde hacer una lista donde mencione la persona o personas que perdona, el hecho por el que perdona y la emoción que le produjo la situación a la que estuvo expuesto. Una vez pueda definir estos factores renuncie al daño causado y elimine ese sentimiento negativo de su vida echándolo fuera en el nombre del Señor Jesucristo; y así se declara libre.

El ministrarse en el nombre de Cristo Jesús renunciando a las emociones que se quedaron en el interior es una forma de liberación que debe ser practicada regularmente. Muchas veces, y a pesar de haber perdonado, se necesita trabajar las emociones para recibir una sanidad completa así se evita cargar un pesado equipaje a través de las diferentes etapas de vida.

Lo ideal es perdonar una ofensa en el momento que ocurre ya que a medida qué pasa el tiempo el efecto de ésta es mayor. Una forma de poder lograrlo es exhalar hacia afuera varias veces hasta que Dios le de la paz que necesita. Es como soltar la carga. Luego diga: "Espíritu Santo lléname."

Al hacerlo de esta manera se reconoce el poder de Cristo Jesús para tener acceso directo a Dios Padre, y al trono de la gracia, además de la necesidad de ser lleno del Espíritu Santo. El Salmo 51 nos presenta la actitud de un corazón que puede ir contristo y humillado ante el Señor.

Es tiempo de remontarse a cada etapa donde algo se quedó pendiente y traer el perdón a su vida, la de sus padres y otros al resolver cualquier situación difícil. El perdón desata lo que la falta de este mantuvo atado.

Bendiga su vida, la de sus padres y a quiénes desató; estén ellos presentes o no lo estén. Si alguno no ha recibido a Jesucristo, usted puede ayudarle a que lo conozca como Señor y Salvador al orar y predicarle a esa persona.

Ya lo demás, es decir: ¡Espíritu Santo lléname, lléname! y viva llenándose de Él.

PROYECTO DE VIDA

El Espíritu Santo me Hará Recordar

HORA DE ROMPER EL SILENCIO

Así que ya no son dos, sino uno solo. Por tanto, lo que Dios ha unido, que no lo separe el hombre.

Mateo 19:6

CAPITULO V

Vive Cada Etapa

Instruye el niño en el camino correcto,
y aún en su vejez no lo abandonará.
Proverbios 22:6

Ahora vamos a entrar en cada una de las etapas del ciclo de vida de una persona. Me gustaría que pudieras identificarte como hijo en este momento recordando que fuiste: infante, niño, preadolescente, adolescentes, joven, adulto, y abuelo o abuela. El vivir cada paso del camino de acuerdo con el rol correspondiente es parte del diseño establecido por Dios.

Cada nivel que se supera en bendición ayuda al que lo pasa, y a todos los integrantes de su familia y comunidad. Cuando se brincan los procesos como se ve al poner un niño a trabajar antes de tiempo, se le roba al menor parte del desarrollo y vivencias. Esto puede ocasionar un vacío que buscará ser llenado de otra manera trayendo consecuencias en su vida.

Otro extremo que afecta las etapas de desarrollo se observa al no dar responsabilidades a los chicos; y promover la sobreprotección y permisividad. Aquí el niño crece sin sentido del deber llevándolo a no saber tomar decisiones; y vivir en un mundo no real o de fantasía con fuertes problemas de ingenuidad.

Otro error en la crianza se ve con frecuencia en la conducta donde los padres se extralimitan en sus trabajos, marcando negativamente el crecimiento de los hijos. Por lo general se busca un bienestar económico y estabilidad que es difícil balancear con el tiempo de los niños. Al llegar a su casa más tarde de lo previsto muchos se convierten en individuos serios que solo piensan en sus responsabilidades, y tienen poco deseo de compartir con su familia.

Como resultado del ejemplo anterior, y otras circunstancias, se observan niños: cuidando a sus hermanos, encargados de la casa, y viviendo roles que no les corresponde; quedándose sin disfrutar los momentos que debían de acuerdo con su etapa.

Por otro lado, se ha visto un aumento del patrón donde los abuelos hacen la tarea de padres en una etapa donde deberían disfrutar sus nietos de forma diferente cuando esta tarea es de los padres. La realidad es que llega a ser una bendición el que los niños disfruten un hogar donde se integran varias generaciones que aporten en su desarrollo, pero algo totalmente diferente es delegar el rol de los padres asignado por Dios a los abuelos.

Por otro lado los abusos, golpes, manipulación, y patrones de maltrato, así como el no tener las necesidades básicas cubiertas afecta negativamente la identidad, autoestima, definición, valor de un niño, y el sentido de seguridad. La realidad es en estos casos es mejor que los menores estén con sus abuelos o familiares cercanos, si sus padres no tienen la capacidad,; pero recalcando que esta responsabilidad es de los padres. El hecho es que se dan situaciones cómo estás donde a pesar del amor y cuidado de la familia se crea una marca sobre los chicos y también sus padres que luego es difícil de corregir y sanar.

El objetivo de vivir cada etapa como fue diseñada es que un individuo pueda ir avanzando de acuerdo a su edad cronológica y emocional. De esto depende gran parte de los resultados que se obtendrán en la vida. Además, se evita tener que pasar por patrones repetitivos de una generación a otra.

El enemigo tiene un plan, así como estrategias concertadas en cada etapa para intentar destruir la familia y los hijos (esto aplica a los físicos y también a los espirituales). Es importante vivir cada etapa, y hacerlo por la Palabra de Dios evitando ser víctimas del adversario. Además es necesario tomar posturas firmes, y pelear en fe, y con fe por nuestras generaciones.

Cómo padres el establecer vías de comunicación claras y efectivas con nuestros hijos desde temprana edad fomenta: la seguridad, el discernimiento, sabiduría y fortaleza necesarias para resistir los ataques que vendrán a lo largo de la vida. Además, provee la confianza para que ellos traigan sus inquietudes ante Dios, y nosotros sobre las demás.

El Señor desea que sus hijos vivan vidas plenas donde disfruten el amor, protección y misericordia de un Padre que tiene cuidado de ellos. El ignorar los principios de vida que fueron establecidos en la Biblia lleva a que se tengan que atravesar desiertos, muchas veces innecesarios, como resultado de las decisiones fuera de la voluntad de Dios.

A pesar de que Dios puede tornar todo para nuestro bien cuando lo amamos y buscamos su propósito como dice Romanos 8:28, te exhorto que evalúes las siguientes etapas que se presentan a continuación buscando modificar los patrones de conducta que te afectaron o pueden afectar tus generaciones.

Etapas en el ciclo de vida

Para propósitos de este libro hablaré de las siguientes etapas en el transcurso de la vida.

	Etapa	Años
1	Bebé	0-1
2	Infancia	1-5
3	Niñez	6-11
4	Pre-Adolescencia	12-14
5	Adolescencia	15-18
6	Joven Adulto	19-25
7	Adultez (1,2,3)	26-60
8	Años dorados	61- en adelante

1. Etapa de bebé (0 a 1 año)

A pesar de que cada etapa es importante, esta estación representa una de las más hermosas, pero también una de las más claves en la vida de una persona. El poder estar conscientes como padres del legado de vida que Dios entrega en nuestras manos hará que tomemos esta responsabilidad con cautela.

Durante este primer año se define, y se crea la primera base para una buena formación en la estructura de un niño. En ocasiones se piensa que el bebé no está al tanto de muchas cosas, pero después de los seis meses ellos perciben todo lo que sucede en el vientre y a su alrededor.

La madre le proporciona a la criatura: el sentido de seguridad, ternura y amor al éstos estar indefensos, y sin una protección propia. Es por esto que la madre debe disfrutar lo más posible este regalo de vida que lleva en su interior protegiéndolo de las situaciones difíciles que pueda estar viviendo.

Además de disfrutar cada etapa con amor y alegría es necesario crear consciencia en los padres de las decisiones que toman, y como afectan a esta nueva vida. El hablar con la criatura desde antes de nacer hace que este nuevo ser se sienta parte de la familia, cree vínculos sólidos con los padres, y afirma su identidad.

Algunas tradiciones y mitos dicen que el bebé no se debe alzar o cargar porque se mal acostumbra. La realidad es que este primer año se va tan rápido que se debe abrazar y cargar en los brazos lo más que pueda para que se sienta seguro y amado. El susurrarle y hablarle con ternura y amor lo lleva a ir recibiendo la dirección de la madre y el padre en todo lo que hacen con él. También va a recibir su calor y olor. Los sentidos del recién nacido se están agudizando y el contacto con sus padres le trae un efecto de bienestar.

Ahora que mis hijas han tenido sus propios hijos, he estado presente desde que recibí la noticia que iba a ser abuela. La he atesorado como el mejor regalo de mi extensión. Cada embarazo fue anunciado y celebrado con algarabía de manera diferente.

Te invito a que como mujer, tía o abuela disfrutes un tiempo que transcurre muy a prisa, y brinda hermosos recuerdos. La expectativa de un nuevo bebé es algo indescriptible. Es una alegría que nunca debe ser omitida ya que trae unidad al hogar y a la familia.

Por un momento piense cuando llegó la hora de recibir ese nuevo integrante. Es un día que no se puede olvidar nunca. El poder ver el nacimiento de un pequeñito es una gran alegría que trae consigo muchas emociones encontradas. Para la mayoría es un tiempo de estar con abrazos porque se recibe: un hijo para los padres, un nieto para los abuelos, un sobrino para los tíos, y así lo mismo con los primos y toda la familia.

El amamantar una criatura es doloroso, pero se debe promover y hacer hasta que sea posible. Muchas madres lo practican hasta que los pequeños tienen un año. Esta actividad ayuda a crear anticuerpos, y trae múltiples beneficios al recién nacido; pero una de las ventajas más grandes es que permite disfrutar una conexión única entre la mamá y su hijo al estar solo ellos dos sin interrupciones durante este momento.

Con mi último nieto es maravilloso ver esta hermosura que se ha vivido con todas los demás. A tan escasos dos meses cuando su mami ha sido interrumpida, el bebé deja de comer, le sonríe o balbucea para que la conexión no se pierda. Esto es un milagro de vida, celebremos a nuestros bebés y las oportunidades que llegan junto a ellos para superar en bendición cada etapa.

Este primer año, así como los siguientes, los bebes necesitan la presencia constante de la mamá y el papá ya que requieren ayuda para sobrevivir hasta que puedan valerse por sí mismos.

Doy gracias al Señor por mis hijas y nietos ya que con ellos he aprendido mucho. He visto una prolongación de mi existencia a través de estas dos generaciones y espero Dios me conceda el privilegio de ver otras más.

Para las que le tocó vivir este tiempo solas como a mí, quiero que sepan que las entiendo, y sé lo fuerte que es. A pesar de esto, les recuerdo que con sus hijos e hijas pueden revivir y disfrutar lo que no les fue posible antes. Si están afrontando esta situación les animo a buscar el llenar ese vacío en Dios.

El Señor se convirtió en mi esposo y padre de mis hijos llenando ese vacío en mi vida al no tener el apoyo del padre de mis hijos.

Cada cosa que se aporta a favor de la seguridad y desarrollo de los infantes les ayuda a que sea mayor el sentido de valor y menos el de rechazo. Estos dos puntos se marcan en esta etapa; y debemos hacer que la balanza se mueva a favor de la aceptación en cada momento que sea posible.

Es recomendable exponerlos a las enseñanzas que promueve

la Palabra de Dios. Esto afirma su seguridad en el Padre Celestial, su Hijo Cristo Jesús, en la guía del Espíritu Santo y en sí mismos. Aunque parezca que son pequeños en edad para escuchar lo que se les predica la realidad es que ellos van a recibir. Este insumo se va grabando en su memoria, y los ayudara a lo largo de su camino.

2. Etapa de infancia (1 a 5 años)

Durante este momento de la infancia se completa gran parte del fundamento del ser humano que lo sostendrá a lo largo de su vida. Aquí se establecen las bases sobre las cuales se va levantando una persona. Es recomendable seguir hablándole al niño y pronunciarle mediante repetición: palabras, frases y oraciones hasta que éste las pueda aprender.

Se requiere una inversión significativa de tiempo, amor, alegría, abrazos, contacto físico, empatía, constancia, sabiduría, discernimiento, dedicación, esfuerzo y tolerancia por parte de los padres y las personas que están alrededor del infante para superar con éxito este tiempo.

Es en este punto que los pequeños desean explorar, y la madre tiene la mejor oportunidad de tener una buena interacción con ellos explicándoles de forma clara todo lo nuevo a lo que están siendo expuestos. El no hacerlo trae consecuencias y efectos no deseados en otras etapas del camino.

Durante los primeros cinco años los niños empiezan a vivir su escala de valores en su formación como seres humanos. Durante estos mismos años aprenden lecciones básicas. La responsabilidad ante Dios de los padres y madres es enseñarles desde temprana edad el fundamento de la fe. Además de afirmar en ellos la confianza y valor propio. Es necesario rodearlos de amor y guiarlos en humildad.

Dos palabras encontradas en la Biblia que nuestro Señor Jesucristo vivió con sus padres terrenales fueron obediencia y sujeción. Esto le dio sabiduría y crecimiento como dice *Lucas 2:52 "Y Jesús crecía en sabiduría y en estatura, y en gracia para con Dios y los hombres."*

Es importante sellar estos valores en nuestros hijos, así como los que queremos que prevalezcan en sus vidas.

3. Etapa de la niñez (6 a 11 años)

De los 7 a 11 años se marca la etapa donde los niños empiezan una nueva experiencia escolar que ahora incluye maestros y amigos. Muchos ya han sido expuestos al ámbito educativo, pero de manera limitada. Cuando empecé a escribir, mis nietas estaban en la primera fase de la niñez. Ahora veo la diferencia enorme que surgió en tan solo un año de los seis a siete.

Se puede leer bastante acerca de estas edades y los cambios que ocurren, pero puedo decirles que a los siete años hay un cambio notable en los pequeños. Durante este ciclo se forma un segundo pilar en cuanto a seguridad e identidad. He podido ver lo que aquí describo en muchos casos; pero lo he disfrutado más en mis nietas que ya cumplieron esta edad.

Por ejemplo, en una de ellas que está próxima a llegar todavía no se ve el efecto completo; pero ha sido un regalo poder observar la creación perfecta de Dios según ocurre esta transformación gradual de acuerdo con las diferentes etapas.

Entre los cambios que se observan en la niñez están: la madurez, un mayor sentido de responsabilidad, cambio del vocabulario y las palabras en sus conversaciones las cuales denotan el crecimiento. Es recomendable fomentar la participación de los niños en ciertas tareas de la casa, y entorno escolar con el propósito de formar en ellos el ser responsables.

Un menor durante esta edad debe ser capaz de entender el resultado de romper las reglas del hogar y escuela. Para eso necesitan que se les explique y hable con claridad acerca de los efectos de sus acciones. Entender el principio de causa y efecto evitara que tanto ellos como sus padres tengan que pasar por situaciones innecesarias luego.

Del buen fundamento y la estructura familiar que se dio en la etapa anterior se va a definir si el menor está listo para entrar con madurez en esta etapa de exploración o por el contrario la pasara con inmadurez. Es importante estar conscientes que esta segunda opción trae consecuencias.

Desde hace algunos años se ha dicho que es mejor la calidad de tiempo que la cantidad que se le dedica a los niños. Incluso yo llegué a creerlo porque no podía cumplir con todas las obligaciones de la casa, trabajo, económicas, y demás que tenía como madre soltera; y también sacar una gran cantidad de tiempo para dedicarle a mis cuatro hijos.

Vengo de un patrón de crianza donde mis padres se ausentaron demasiado tiempo por exceso de trabajo. Fui criada principalmente por mi abuela, cuidadoras y empleadas de confianza. Por eso pensaba que esa conducta era normal, pero en el camino pude darme cuenta que no lo era ni lo es. Es necesario establecer el balance entre las ocupaciones y la atención a la familia especialmente al esposo y los niños.

Todos sabemos que encontrar este equilibrio no es tarea fácil, y requiere sacrificio en cuanto a: gustos personales, amistades, vida social y comodidades; pero el tiempo que se siembra en la educación y formación de la familia y los hijos no tiene precio. Los resultados hablan por sí mismos.

Hasta los que servimos al Señor dentro y fuera de la iglesia en ocasiones dedicamos muchas horas al trabajo de la obra. A veces, como otros, estamos distraídos dentro de la casa creyendo que alguien más hará nuestro trabajo. Esto no es cierto, somos los padres los principales responsables de la crianza de nuestros hijos.

Los niños necesitan mucha dedicación, atención y lo máximo posible de calidad de tiempo. El recibir ayuda es una bendición, pero el rol primario es del padre y la madre. El pasar lapsos grandes de tiempo en ausencia crea una desconexión entre los integrantes de la familia. La conexión no se crea tan solo al estar en la misma casa o estar presentes sino que va más allá, y conlleva amor, atención, dedicación y una comunicación asertiva.

Una buena práctica en conjunto que se debe hacer a conciencia y con exclusividad envuelve por ejemplo: el gozo de leer la Biblia, ir a la iglesia, realizar un altar familiar así como orar al comer e ir a dormir, el dedicarse a realizar algunas tareas, deberes escolares o actividad en armonía, disfrutar de la lectura, llevar a cabo experimentos, juegos, y hasta separar un tiempo para la planificación de las vacaciones.

Los niños necesitan tiempo de calidad con sus padres y quienes tienen la oportunidad de programarlo podrán disfrutar de una maravillosa experiencia con resultados sorprendentes. Además, están creando las bases para la siguiente etapa de la preadolescencia.

La seguridad como mencionamos es parte de un pilar en una columna de valores que se está formando. De acuerdo como se trabaja esta área se verá una manifestación de este aspecto en la vida de nuestros hijos. Un niño no puede sentirse seguro ni en confianza ante los padres, familia, y ahora, maestros, compañeros, etc. si no ha sentido que es protegido.

Es importante que un pequeño pueda desarrollar la fe en un Dios Todopoderoso que lo cuida, y en sus padres como representantes de Él. Todo lo que puedas hacer para fortalecer la relación de padres e hijos traerá resultados que darán felicidad y tendrán trascendencia. Estos efectos se pueden ver más aun cuando se llevan los niños por el camino de la obediencia a Dios y fortalecidos por la Palabra.

Escucha, Israel: El Señor nuestro Dios es el único Señor. Ama al Señor tu Dios con todo tu corazón y con toda tu alma y con todas tus fuerzas. Grábate en el corazón estas palabras que hoy te mando. Incúlcaselas continuamente a tus hijos. Háblales de ellas cuando estés en tu casa y cuando vayas por el camino, cuando te acuestes y cuando te levantes. Átalas a tus manos como un signo; llévalas en tu frente como una marca; escríbelas en los postes de tu casa y en los portones de tus ciudades. Deuteronomio 6:4-9

El proteger a nuestros hijos cuando sienten miedo, temor, rabia o tristeza es nuestra función. Es necesario tener empatía y entender lo que sienten, así se podrán ayudar a afirmar sus sentimientos.

Es clave para superar con éxito este nivel el hablarles a los chicos de acuerdo con lo que está sucediendo o sucedió en el camino antes de este momento, y como eso afecto lo que está pasando ahora.

Me gustaría compartir un testimonio sobre mi hija Alejandra quién tenía miedo a la oscuridad. Jamás la asusté, ni le hice bromas sobre este particular, sin embargo no faltó quién lo haya hecho. Un día ella se quedó sola apagando todas las luces de la casa, y tuvo que enfrentar ese miedo en el nombre de Cristo Jesús. El haber hecho frente a una situación que la afectaba, además del refuerzo positivo de nuestra parte al respetar sus emociones y la fe en Dios, la llevaron a quedar libre de ese temor.

Si en alguna ocasión no lo hiciste, te recomiendo que a partir de ahora ayudes y calmes a tu hijo siempre que experimente alguna emoción desagradable o negativa que no pueda manejar por sí mismo. Se puede ayudar al menor dándole seguridad, afirmándolo y mostrándole lo correcto. Una emoción puede cambiar cuando como padre o madre activamos nuestra fe y autoridad en Cristo Jesús y tratamos de hacer lo mejor guiados por Dios para el bienestar de nuestros hijos.

4. La Pre-Adolescencia (12 a 14)

Es importante haber ido completando cada etapa de acuerdo con la función para la cual fue diseñada y con la base de un hogar que provea la estructura adecuada. Al llegar a los doce años se comienza a ver el buen trabajo que se hizo o las deficiencias del que no se realizó para buscar corregirlas.

Un preadolescente no es un niño. Muchas veces se muestra el joven como si todavía fuera un chico, y esto es un grave error que se comete. Los padres necesitan transformar la visión y la mente para tratarlos como jóvenes. Algunos padres siguen tratándolos como niños; y a los preadolescente no les gusta que los vean así porque están crecieron y experimentando (descubriendo) cambios de su edad y nuevas emociones en la vida.

A pesar de que pueden venir tiempos difíciles porque ya no se sienten como niños, y además no lo son; todavía no han desarrollado la madurez correspondiente a la nueva etapa sino que van en una transición rumbo a este objetivo. Recordemos que de cero a seis años pasamos las etapas más importantes en la vida de un niño donde se definió: su personalidad, carácter y seguridad.

Cuando se cumple el propósito de Dios en el desarrollo de un ser humano, y se realiza el trabajo correspondiente con: amor, dirección, ternura, enseñanza, disciplina, buenas costumbres, etc. se puede seguir hacia la siguiente etapa ya que se establecieron patrones de conducta y herramientas que los ayudarán al ser expuestos ante diferentes situaciones.

Ahora es donde se puede apreciar la obediencia sin que los padres estén presentes, la toma de decisiones correctas obtenidas de la estructura que traen de su casa principalmente; pero también se ve el apoyo de la iglesia y escuela. Aquí se ponen en práctica las buenas costumbres y normas que aprendieron.

Cuando se traen lagunas, vacíos o eventos sin completar los jóvenes irán aprendiendo de sus amigos y buscarán lo que es mejor y lo que más les guste. Por ejemplo, un preadolescente que no se siente cómodo con el entorno de su hogar buscará su propia identidad familiar tratando de hacer otro hogar afuera al no sentirse identificado o parte de su familia física. Esto es un ángulo delicado ya que pueden tomar buenos o malos modelos que copiar.

Es importante como dije que los padres empiezan a ver a su hijo o hija diferentes porque han cambiado, y ya que no son niños. Lo importante es saber con quién o quiénes se está identificando y por qué. Lo ideal es que se provean modelos adecuados para los hijos que ellos quieran imitar y seguir dentro del núcleo familiar. Esto aplica a muchos aspectos: físicos, emocionales y espirituales.

Les exhorto como padres a buscar tiempo con sus hijos y escuchar sus corazones. Es necesario pedir perdón a Dios, y reconocer que su niño creció; y a sus hijos por los errores cometidos en los años pasados antes de este punto. Al hacerlo busque que su hijo o hija vuelvan su corazón a Dios y usted, si por alguna razón se apartaron en el camino. Así se evita un mayor distanciamiento o que deje de admirarlo como lo hacía cuando era pequeño.

> *Estoy por enviarles al profeta Elías antes que llegue el día del Señor, día grande y terrible. Él hará que los padres se reconcilien con sus hijos y los hijos con sus padres, y así no vendré a herir la tierra con destrucción total.* Malaquías 4:5-6

> *Hará que muchos israelitas se vuelvan al Señor su Dios. Él irá primero, delante del Señor, con el espíritu y el poder de Elías, para reconciliar a los padres con los hijos y guiar a los desobedientes a la sabiduría de los justos. De este modo preparará un pueblo bien dispuesto para recibir al Señor.* Lucas 1:16-17

Estos versículos tomaron vida en mi espíritu cuando entendí el poder de esta palabra y hasta dónde puede llegar. Se aplican al día donde el corazón de un hijo ya no está alineado con el de un padre y es necesario pedir ayuda a Dios.

El precio para hacer volver el corazón de los hijos es uno que conlleva: entrega de tiempo, reconocer los errores que como padre se cometieron, pedir perdón, cambiar nuestra relación con ellos, escuchar sus corazones, invertir dinero, y que Dios vea ese genuino y verdadero deseo de ganarse de nuevo a su hijo o hija.

Es básico sacar tiempo de calidad para escucharlos, admirarlos, y afirmar su crecimiento e identidad. Debe buscar guiarlos con amor a completar lo que se quedó pendiente en el camino y ayudarles a seguir adelante hacia las nuevas etapas que van a comenzar.

Para resumir, vemos que un niño que fue formado en un ambiente sano, dentro de lo posible desde los 0 a los 6 años podrá superar casi todo en las siguientes etapas. En el momento cuando vengan los tiempos difíciles, un fundamento sólido en especial basado en las enseñanzas bíblicas que se afirmaron en la personalidad le ayudará a superar los obstáculos.

Sin embargo, un chico qué pasó muchas adversidades en las etapas de cero a seis años tendrá mayor esfuerzo para levantarse en medio de las situaciones inesperadas. Se ha visto esta tendencia a pesar de que el menor viva a plenitud desde los 7 a los 12. Es lamentable, pero muchos de estos chicos no podrán superar momentos difíciles sin la ayuda de un profesional o necesitaran la intervención de Dios en sus vidas para poder trabajar con vacíos que se quedaron sin llenar.

Al escribir estoy buscando darle herramientas para poder arreglar y ordenar lo que se quedó pendiente en el camino. Me ha tocado atravesar muchas de estas situaciones en mi vida personal, y a la vez lo he visto múltiples veces en las personas que Dios me ha permitido aconsejar, por eso los estoy exhortando.

Aquellos que han tomado y aplicado un buen consejo han visto una buena relación con sus hijos. Te animo a intentarlo y fortalecer los escalones sobre los cuáles se van a seguir levantando los fundamentos en la vida de tu hijo o hija. Estos temas son de gran importancia para las nuevas generaciones que se están formando.

Más Allá del Perdón...

Hemos recorrido las etapas desde el nacimiento hasta los 14 años Se pudo ver como cada una era clave para la siguiente, y la necesidad de superarlas de acuerdo con el diseño establecido por Dios.

Cuando se revisa cada nivel será más fácil recordar y alcanzar el perdón. ¡Recuerde de 0 a 6 años lo bueno o malo que vivió! Ahora vaya desde los 7 a los 11 años para seguir perdonando y luego de los 12 a 14. ¡Esto le permitirá seguir avanzando y alcanzar ese más allá del perdón! Al hacerlo va a sanar y dejar libre a quién o quiénes ocasionaron el dolor y podrá trabajar la emoción que produjo. ¡Renuncie a los sentimientos negativos y sea libre en el nombre de Cristo Jesús! Siga así a través de todas las etapas soltando ese peso y carga que muchas veces impide seguir con plena libertad hacia adelante.

En el caso donde las cosas no se pudieron dar de acuerdo con lo que habíamos proyectado o deseábamos, en Jesucristo es posible corregir nuestros errores. Esto lo he visto como: hija, madre y abuela porque estamos hablando de generaciones. El vivirlo me ha permitido ayudar a las siguientes generaciones a salir en victoria y éxito hacia el siguiente nivel. Aunque quiero recalcar que Dios tuvo que llevarme a trabajar para crear los fundamentos correctos sobre los cuales se está edificando.

En este **"Más Allá del Perdón"** me gustaría que fueras a ese momento donde tu hijo o hija fue concebido. Evalúa las circunstancias o eventos que afectaron su entorno y desarrollo a través de las etapas que hemos estudiado. Es importante buscar y reconocer desde ahí en adelante que le afecto, y en qué etapa se encuentra rezagado para poder ayudarlo.

Por ejemplo, cuando un niño ha crecido en un patrón de abuso, desprecio, abandono, dolor y hasta golpes; le será muy difícil llevar un desarrollo normal y armonioso si no supera lo que le afecto. Si como padre o madre fue el que causó ese daño en la vida de su hijo o hija pida perdón a Dios y a sus hijos para que haya una restauración y sanidad. Este hecho tiene un poder sanador y liberador para el que lo da y para quién lo recibe.

Por otro lado, si fuiste tú el que recibió la marca, decide perdonar a quién te la hizo, así sean tus padres. El perdón es una decisión y un paso necesario para entrar en la sanacion. A pesar de que muchas veces no se quiere entregar, el sólo hecho de pedir ayuda al Espíritu Santo, y desatarlo con nuestra boca comenzará un proceso hacia una sanidad completa. Todo esto es necesario para continuar en el camino de la vida.

Nunca es tarde para dar un perdón. Aún en los casos donde una de las partes no se encuentra presente. Existen varias formas de hacerlo, y se puede realizar en forma de un ejercicio. Este puede ser a solas con Dios o en compañía de alguien que te apoye en el proceso.

Por favor visualiza el ofensor como si estuviera presente, aunque no lo está y regresa al momento donde se causó el daño. Menciona el nombre de la persona. Puedes utilizar una libreta y copiar lo que necesitas sanar y has estado cargando por tanto tiempo. También puedes hablar en voz alta y desatarlo por lo que te hizo. Otra opción es ir de rodillas ante el Señor, y presentarlo al Padre Celestial.

Se sabe que se ha sanado una herida cuando se piensa en la persona que ocasiono el daño y se recuerda sin rencor ni dolor. Tienes la oportunidad de decidir perdonar y liberarte. El que suelta la ofensa y a quien la produjo se libera a si mismo, y se da la oportunidad de vivir y ser feliz. El que no perdona carga un peso que le retrasa y hace daño a nivel emocional, espiritual y físico llevándolo a su familia.

Recuerda que si ya pasó el tiempo debes prepararte y entrenarte con la ayuda que sea necesaria para seguir adelante con tus hijos. El Padre por excelencia, nuestro Dios, está ahí para guiarte. Un consejo sano que puedo darte es colocar todo en el orden de Dios. Aprovecha y ayuda cuanto sea posible a levantar a otros. Al hacerlo estamos ayudando a establecer una generación sana por medio de Cristo Jesús que murió por nosotros y nuestras faltas para darnos una nueva oportunidad de vida.

¿Qué vas a hacer?

Decide perdonar y ser feliz.

HORA DE ROMPER EL SILENCIO

El Espíritu Santo me Hará Recordar

Instruye el niño en el camino correcto, y aún en su vejez no lo abandonará.

Proverbios 22:6

HORA DE ROMPER EL SILENCIO

CAPITULO VI

Ejerza su Función

*Encomienda al Señor tu camino,
confía en él y él hará
Salmo 37:5*

Al llegar a este capítulo muchas estampas vinieron a mi mente. Comencé a recordar gran parte de las personas que Dios me ha permitido aconsejar durante el camino, y que estaban en los rangos de edad de las etapas de adolescencia a joven adulto.

A pesar de que cada momento en la vida es importante, en este punto se delimitan rasgos de carácter serios que van a marcar la diferencia entre un individuo y otro. Cuando este ciclo no se supera de acuerdo con lo establecido, o no se madura, habrá consecuencias que trabajar luego. En especial si se procrearon hijos e hijas sin ser planificados.

Uno de los hechos que más afecta a futuro es el querer vivir conductas de adolescentes fuera de esa edad en etapas futuras. Este libro busca que puedas entender el valor de vivir y disfrutar cada etapa como fue diseñada. Esto incluye: crecer, madurar y ejercer tu función de acuerdo con el rol que te corresponde.

Recordemos que el Padre Celestial hizo la tierra, y todo lo que hay en ésta para ser disfrutado por su creación en un orden correcto. Al hacerlo se van a fijar las bases del desarrollo en armonía con la edad cronológica que se atraviesa. No perdamos de perspectiva que uno de los mayores retos es alcanzar la madurez correspondiente a la edad física.

El estar conscientes de este hecho hará que, como padres e hijos, así como abuelos, se fomente el superar en bendición las etapas de vida logrando las fortalezas emocionales necesarias.

En el capítulo anterior se describió hasta los preadolescentes, y ahora continuaremos con la adolescencia y el joven adulto.

5. La Adolescencia (15 a 18)

La adolescencia es una edad crítica y crucial en el desarrollo de la personalidad. Piense por un momento cuando usted estuvo ahí.

¿Cuál era su conducta?

¿Qué vivió en ese momento?

Algunos jóvenes se quedan encerrados en su cuarto, otros se molestan por cualquier cosa, hay quiénes pasan por periodos de tristeza sin saber cómo manejarlos. Por otro lado, se ven adolescentes muy estudiosos, ciertos grupos que están alegres mientras otros se sienten confundidos ante la etapa y situaciones que enfrentan. En este periodo también se puede experimentar vergüenza, temor, culpa, y muchas otras emociones o sentimientos, así como una mezcla de estos.

La mayoría de los eventos adversos ocurren porque no se tienen las bases correctas, ni la orientación e información necesaria antes que llegue el momento. La realidad es que no es sencillo atravesar la adolescencia, ni los cambios que esta trae.

Un muchacho debe venir con la seguridad y confianza en sí mismo que recibió en el hogar durante los primeros años para tener mayor probabilidad de atravesar con éxito este paso. Vemos como el superar de manera positiva las etapas anteriores ayudara a los jóvenes a estar fortalecidos para defenderse ante las diferentes situaciones de la sociedad y su entorno rumbo al siguiente nivel.

Es un tiempo donde los chicos por lo general van a estar solos, sin la compañía de sus padres. Ellos necesitan tener las herramientas y fundamentos básicos para poder escoger una buena dirección o decisiones correctas ante las opciones que van a tener. Esto les ayuda a crear la madurez que necesitan.

Cuando se les ha enseñado a depender de Dios, de Cristo Jesús y de la guía del Espíritu Santo; los adolescentes tienen este recurso a su favor, y en lugar de ser llevados por otras corrientes que durante esta etapa se tienden a practicar y buscan influenciarlos serán dirigidos por la Palabra.

Porque Jehová es bueno; para siempre es su misericordia, Y su verdad por todas las generaciones. Salmo 100:5

Un joven con una identidad de Cristo e imagen de Dios adecuada en sí mismo, podrá enfrentar con responsabilidad y mejor oportunidad de vencer: las tentaciones, malos consejos, bombardeo de tecnología y publicidad, malas amistades, presión de grupo y lo que busque desviarlo del propósito al que fue llamado por Dios.

Esta etapa es muy variable de una persona a otra, y depende del grado de madurez adquirido en las anteriores, así como la relación con sus padres, y el núcleo cercano para atravesarla en bendición.

Es necesario e importante crear una amistad y lazos de confianza con nuestros hijos al punto que ellos nos vean como aliados y hasta puedan decir: "¡Que chévere! Mis padres me entienden y son mis amigos."

No es sencillo alcanzar este balance ya que requiere mucha dedicación, respeto mutuo y una mentalidad que permita la comunicación en dos vías. Es preferible que un joven venga a nosotros por un consejo o ayuda antes de ir afuera a buscar lo que no encontró en casa.

Cuando los adolescentes no encuentran opciones, por lo general se mueven fuera de su ambiente para tratar de encontrar respuestas. Muchas de éstas los llevan en un camino equivocado; y luego se tienen que manejar las consecuencias de no darles la confianza a nuestros hijos.

Como padres debemos orar por su círculo de amigos para que sea de bendición. Es recomendable fomentar y preservar amistades que cultiven los buenos principios, y que se eviten las malas compañías.

No erréis; las malas conversaciones corrompen las buenas costumbres. 1 Corintios 15:33

Además de lo antes expuesto, en estas edades también hay una influencia de elementos externos tales como: ambientales, culturales y económicos que afectan.

Dios hace todo perfecto, pero gran parte de lo que sucede en los hogares es una consecuencia de lo que recae sobre los hijos cuando los padres están apartados de Dios y Su Palabra, no le han conocido, o viven en pecado, desobediencia y rebeldía. La rebeldía es predominante en los adolescentes por todo lo dicho anteriormente y debido a la confusión donde ya no se es un niño; pero sus padres quieren tratarlo como tal muchas veces haciéndoles sentir avergonzados.

El mundo busca marcar los adolescentes con calificativos negativos al no saber cómo ubicarlos por su prematura edad o falta de madurez. Para completar muchos arrastran una crisis de identidad, haciendo de esta etapa una de las más difíciles cuando no se trae una buena estructura ni fundamento.

Los jóvenes se encuentran en un mundo donde ya pueden hacer cosas solos, y empiezan a conocer una libertad que antes no tenían; pero a la vez sienten temor. Una de las cosas que más daño les ocasiona es el pesado equipaje que traen de su casa y cargan sobre sus espaldas sin resolver, al no entender las costumbres y situaciones familiares que les marcaron su personalidad.

Muchos adolescentes en esta etapa al no sentirse identificados en su hogar o no gustarles el entorno familiar deciden adoptar el de otra familia o el ejemplo de sus amigos. Es lamentable que durante este tiempo algunos se van de su casa porque no logran identificarse con los miembros de su hogar. Como un extremo negativo en la gráfica están los adolescentes que se unen a grupos de pandillas, enseñanzas fuera de la fe y hasta sectas por no tener la identidad correcta o ser manipulables.

En esta edad y como resultado de que los padres les permiten quedarse solos en sus casas, salir con mayor libertad con amigos, utilizar de forma ilimitada la tecnología, y hasta comenzar a conducir un auto sin supervisión de un adulto; muchos se encuentran haciendo mal uso de sus privilegios sin ni siquiera saberlo. Al haber estado bajo la tutela de sus padres, los jóvenes fueron protegidos y guardados; pero gran parte quedan expuestos de repente.

Un gran número de ellos comienza una búsqueda espiritual al surgir una inquietud y despertar que es necesario atender. El moverse en corrientes de: pandillas, drogas, alcohol, pornografía, ocultismo, brujería, hechicería, nueva era e iniciaciones que se tiende a practicar mucho en estas edades, tiene un efecto sobre la persona que abre esa puerta y luego sobre sus generaciones si no se pide perdón a Dios. El producto de la acción se sufre en otras etapas cuando no se ha estado consciente de este hecho, y lo que causo en el mundo espiritual.

Cuando los hijos han sido criados en el conocimiento del Señor, la Biblia es parte de esa brújula que los guía como hemos dicho, y a pesar de que pueden desviarse o salir del camino, por lo general regresan.

Me gustaría aclarar que amo mi trabajo con niños, jóvenes, padres y familias en general. Lo que escribo fue hecho con el propósito de traer luz, y herramientas que veo necesarias como consejera y ministro en todas partes del mundo. Algunos ejemplos de lo que aquí expongo son resultado de las inquietudes que se repiten entre muchas familias que he tenido la oportunidad de escuchar.

Si un joven no nació para el mal y fue criado con principios, sus padres sin darse cuenta lo pudieron haber llevado a crecer de manera ingenua. Si por ejemplo este joven se llega a unir con chicos insensatos que se van a los extremos sin tener en cuenta la responsabilidad y el peligro por sus acciones, puede ser lastimado y quedar confundido pensando que es él es malo cuando en realidad no lo es. Lo que está mal son las malas compañías de las cuáles debe alejarse.

Muchos jóvenes piensan que son portadores de maldad sin realmente serlo. Ellos en silencio se van confundiendo por temor a hablar o expresar a sus padres lo que sienten. Esto hace que sus mentes sean un blanco de ataque para el enemigo y otros depredadores que buscan destruir sus vidas y traer ideas como: el suicidio, la culpabilidad, derrota, etc. Además, pueden convertirse en víctimas del "bullying" por baja estima o inseguridad.

Por lo general estos adolescentes cargan las consecuencias de: los embarazos no planificados y sin responsabilidad, abortos, vicios y adicciones, accidentes de auto, prostitución, homosexualidad, fornicación, lesbianismo, pornografía, violaciones, negocios ilícitos, traficantes de mujeres inocentes, robos, asesinatos, etc. y muchas veces terminan en la cárcel, hospitales o cementerios. Recordémosles a los jóvenes que el diablo vino como dice la Biblia en Juan 10:10 "a robar, matar y destruir; pero Cristo Jesús vino a traer vida y vida en abundancia."

Los padres que ejercen el rol correcto en cada etapa desde el comienzo y crean una buena conexión con sus hijos al invertir tiempo y esfuerzo, podrán recibir una gran recompensa que les traerá satisfacción.

Hace un tiempo escuche la situación de unos chicos que pertenecían a unas pandillas; y el problema que estaban ocasionando a la sociedad. Ellos fueron llevados ante la corte.

Allí les hablaron sobre lo que su conducta estaba causando, y se les dio a entender que no tenían salida, que eran una carga, y no tenían valor. El enfrentamiento siguió hasta que uno de ellos decidió hablar.

Este joven se levantó y dijo: "Sabemos qué es cierto lo que dicen, y que somos los causantes de los conflictos en las calles de esta ciudad. Podemos reconocer que hemos causado dolor y problemas; pero queremos saber: ¿que pueden ustedes hacer por nosotros para que veamos un cambio? Luego guardó silencio y miró a cada uno de los acusadores.

La exposición de los argumentos continuo y el muchacho con firmeza pidió ayuda para encontrar un hogar; tanto para él como para sus compañeros, donde pudieran recibir amor, respeto y ser tratados como familia. Ellos solo conocían el dolor, la tristeza, los abusos, golpes y necesitaban sentirse amados y valorados como hijos.

Hubo un gran silencio y los presentes se dieron cuenta que eran producto de hogares disfuncionales con ausencia del amor de Dios. Si te has visto en alguna de estas situaciones, ¿estás listo para promover un cambio? Es momento de concluir este ciclo y levantarte en bendición.

Quizás no vas a poder ser adoptado por esa familia que tanto anhelas, pero en Dios es posible reescribir una historia. El Padre Eterno siempre tiene los brazos abiertos para cada hijo que decide regresar a la casa. Dentro de la familia de la fe siempre hay cabida para uno más. Es lamentable que muchos jóvenes se han apartado al no haber sido tratados correctamente en la iglesia o no haber sido entendidos, pero eso no significa que se tienen que apartar de Dios.

Si por alguna razón sufriste algún agravio o daño dentro o fuera del Cuerpo de Cristo te pido que busques perdonar a quién lo causó. Al decidir perdonar eres tú quien está siendo libertado para recibir una nueva oportunidad de vida y el acceso a una transformación.

Lo que acabo de exponer son diversas situaciones que surgen en este grupo, y es necesario tomar en cuenta. Sin embargo, ahora voy a presentar otro punto de vista que es importante trabajar.

Sabemos que desde antes de "High School" un adolescente puede empezar a enfocarse hacia el área dónde va a dirigirse cuando llegue a su graduación. La vida se puede ver como una escalera que se sube donde a lo largo de los años cada escalón representa un logro, y donde es necesario ir llevando los hijos en cada etapa.

Por ejemplo: se nace, se gatea, habla, camina, se prepara para ser enseñado, se está listo para ir al colegio o escuela, se completan los objetivos rumbo a graduarse, ir a la universidad, trabajar, casarse, formar una familia, realizarse en la carrera o el oficio que se decidió hacer, ser padres, y así sucesivamente. ¿Es mucho trabajo verdad?

El levantar y criar un hijo o hija conlleva tiempo, esfuerzo y sacrificio. Los padres deben trabajar como equipo para reforzar modelos adecuados, orden y fundamentos donde una etapa precede a la anterior. Así se van adquiriendo las herramientas para superar con éxito los obstáculos que les permitirán avanzar hacia el siguiente ciclo.

Es importante adquirir sabiduría y madurez para poder seguir adelante. El promover la lectura de la Palabra de Dios les ayudara en todo sentido, así como las enseñanzas que se reciben en la iglesia.

A lo largo de las etapas, se van a ver tendencias que como padres podemos utilizar para guiar a nuestros hijos a desarrollar sus talentos, áreas de fortalezas y aquello que los apasiona. Esto los ayuda a encaminarse en el propósito de Dios para sus vidas.

Por otra parte, en ocasiones los padres quieren cumplir sus sueños y metas personales en los hijos llevándolos a tomar decisiones con las que ellos no están de acuerdo. Algunos por no desagradar a sus progenitores o por no haber recibido la orientación correcta deciden seguir caminos opuestos a lo que hubieran querido. Así se detienen o retrasan etapas que son importantes completar y vivir.

Muchos de los casos que pasan por esta situación luego tienden a regresar a hacer lo que querían en el momento donde por favorecer a otros tomaron una decisión equivocada. Esto representa el tener que volver a empezar.

Si tuviste la bendición de tener un fundamento correcto para superar esta etapa con éxito, sigue adelante y busca si es posible ayudar a alguien más en tu camino rumbo a conquistar las metas que te has propuesto. Así se logran los cambios en la sociedad.

6. El Joven adulto (19 a 25 años)

Llegamos a una etapa donde se ven cambios notables en la personalidad que trascienden en cuanto a las decisiones que se hacen, y el efecto de éstas en la vida de quién las toma. Ciertas elecciones arriesgadas de un joven adulto se guían por las emociones en lugar de la razón y sabiduría. Luego se ve el impacto de estas durante las siguientes fases de la vida teniendo que trabajar arduamente para arreglar lo que no fue conforme al diseño de Dios.

Un factor que influencia este hecho es el que todavía queda parte de la osificación del cerebro que se está completando durante este periodo. Una vez llega a la madurez se ve un cambio en la conducta y mayor sabiduría en lo que se decide.

Se espera que las personas en esta etapa ya hubieran terminado su "High School." Muchos de ellos van a estar matriculados en grados académicos donde su mente será confrontada con información nueva y diversa de acuerdo a la profesión, carrera u oficio que escogieron. Esta época se caracteriza por el desarrollo intelectual, crecimiento personal y las relaciones interpersonales.

Lo ideal en este punto es que los jóvenes adultos avancen y se preparen ya que los estudios son muy importantes. En especial para alcanzar una estabilidad futura. El quedarse rezagado y desenfocado puede hacer que un individuo no supere con éxito su carrera y se vea forzado a quedarse en trabajos más sencillos. Este hecho puede llevarlo a que se frustre y desanime por no alcanzar las metas en el momento oportuno.

Existe la opción de establecer un negocio propio si se es emprendedor o continuar el de la familia cuando los padres tienen uno. Este camino puede traer remuneración económica; pero también retos que no todos están dispuestos a pasar.

Vamos a ver algunos ejemplos de esta etapa en otras culturas como la judía donde los jóvenes varones terminan su secundaria, y van a prestar el servicio militar obligatorio por tres años. Las jóvenes lo llevan a cabo sólo por dos. Ambos grupos aprenden a ver la vida diferente de alguien que no pasa por esta experiencia. Al concluir ese término ellos se esfuerzan para completar sus estudios y metas personales.

Israel es un estado adelantado en muchos campos tales como: la tecnología y la ciencia. Otros países en el mundo como Estados Unidos, Europa, etc. tienen sistemas educativos variados y excelentes de acuerdo con la profesión que se quiere seguir.

A pesar de la diversidad global esta etapa presenta características en común, además de los diferentes que acabamos de ver. Entre los similares se encuentran el que algunos jóvenes adultos se van fuera de sus casas, mientras que otros deciden estudiar su carrera o carreras quedándose en los hogares de sus padres. Parte de ellos no saben si van a estudiar o en qué momento lo harán debido a diversas circunstancias.

En cuanto al plano personal están los que tomaron la determinación de casarse, y formar una familia; ya sea que se estén estudiando o no. El hacerlo durante la fase de estudios representa superar obstáculos adicionales a los académicos y económicos. Es necesario considerar estos puntos al tomar la decisión.

Algunos otros optan por quedarse en un noviazgo hasta estar más estables. También se encuentran los que al no querer casarse forman relaciones de convivencia a pesar de que estas van en contra de la Palabra de Dios. Lo importante como padres es: guiar, apoyar y darles herramientas a nuestros hijos, respetando su espacio, y ellos el nuestro, para que se puedan hacer las elecciones correctas.

Este apoyo no es una licencia para errar a conciencia, ni caminar en libertinaje. Aunque son mayores de edad, muchos todavía no han alcanzado la madurez emocional para saber las repercusiones de sus elecciones. Es mejor que reciban un consejo sabio de quiénes los amamos sobre alguien externo que puede hacerlos caer. Para que esto ocurra deben sentir que cuentan con nosotros.

Se puede observar durante esta temporada como ciertos jóvenes al no haber desarrollado la identidad y seguridad necesaria en las etapas anteriores se deja manipular. Es lamentable que así algunos son llevados a tomar decisiones que atentan contra su vida y la de otros a su alrededor. Es importante y necesario hablar sobre diversas circunstancias a las que van a estar expuestos antes de que lleguen para que puedan tener las herramientas al momento de enfrentarlas.

Un joven adulto tiene la opción o no de estudiar, trabajar, y/o casarse. Cuando este no sabe qué camino tomar a veces es preferible tener un receso hasta estar enfocado y seguro hacia donde se quiere ir. Así se evita experimentar, y entrar en varias ramas donde se puede perder el interés, tiempo y el dinero.

En lo que se toma la ruta correcta existen varias alternativas como practicar uno o varios idiomas, y tomar seminarios en diferentes áreas de interés que complementen la carrera que se decida estudiar.

El trabajo es una alternativa útil hasta entrar en la facultad que se busca, y donde se desarrolla: la madurez, responsabilidad y se adquiere el conocimiento sobre el manejo de los recursos financieros y otros. Sin embargo, existe el riesgo que un joven pueda dejar la universidad sin completar cuando es expuesto a recibir un salario.

Por eso, los padres y educadores que están conscientes de los dones, talentos y fortalezas de un chico lo instruyen para que siga el camino correcto y complete el grado en el cual se matriculo. Aquellos que están seguros del camino a seguir forman un porcentaje alto de los que terminan con éxito sus estudios y carreras académicas. La constancia es clave para seguir adelante sin perder el rumbo.

El unirse de manera planificada en una boda puede ser de bendición a diferencia de cuando se realiza la ceremonia como una vía de escape para los padres o los hijos. Existen otros casos donde los jóvenes se casan a la vez que estudian sin tener ingresos para sostener un núcleo familiar por su cuenta, y tienen que mover su nueva familia con los padres o limitarse mientras se estabilizan.

Por otro lado, mientras que unos salen, otros se quedan y añaden integrantes a la familia. Esta situación puede resultar incomoda y es ardua para quien la vive, por lo que debe darse bajo un acuerdo para los que van a participar de la misma. No es correcto asumir que los padres tienen que ceder su espacio, y etapas de vida porque los hijos se adelantaron a las suyas.

En las épocas pasadas en esta etapa era donde por lo general se comenzaba a tener niños. Hoy en día muchas parejas deciden esperar a completar sus profesiones y avanzar antes de tener un bebé. Esta decisión tiene sus ventajas y sus desventajas las cuales se deben considerar al momento de escoger.

En este rango de edad, por lo general se está muy ágil y lleno de fuerzas para tener los pequeños. El problema radica en la falta de recursos y tiempo para dedicarles al tener como prioridad completar los grados que se están tomando y desarrollarse a nivel profesional.

Por otro lado, en esta nación (USA) he visto una situación lamentable que no se observa tanto en otros países. Muchos jóvenes son sacados por sus padres de las casas cuando se gradúan llevándolos a desarrollar una independencia, a veces forzosa y dolorosa. Esta situación puede causar daño ya que algunos no tienen la madurez para enfrentar lo que pasa fuera de su núcleo familiar.

Esta alternativa ocasiona problemas a ellos mismos, y la sociedad ya que es aquí donde luego se ven los ancianos abandonados porque se cortó la relación generacional y familiar a temprana edad. En este escenario la compasión no se fomentó, y por consiguiente no se va a practicar. El balance es clave en lo que se hace. Los hijos deben ser hijos toda la vida y necesitan sus progenitores como nosotros necesitamos a los nuestros en su momento. Muchos los extrañan lamentablemente cuando ya no están.

Es hermoso llegar a la edad de oro rodeado de la familia compuesta por: los hijos, nietos, y bisnietos en los más robustos y llenos de vigor; aunque no siempre será posible. Es bueno saber que cuanto más amor y compresión puedas entregar a tu descendencia más vas a recibir en las siguientes etapas.

Más Allá del Perdón...

Este es el momento donde te recomiendo repasar cada etapa de las que hemos hablado y hacer una lista donde fuiste ministrado o necesitas procesar y sanar. Toma el tiempo para evaluar aquello que sientes que te falta hablar y dejar ir lo que no te deja avanzar.

Empieza a escribir y perdonar. Se ve una tendencia donde se guarda rencor a Dios por un cúmulo de eventos o situaciones que pasaron, y no se manejaron. Muchas de éstas fueron resultado de nuestras decisiones o la falta de firmeza para tomarlas.

Si has dicho o acusado al Padre Eterno al decir ¿dónde estaba Dios qué permitió tal o cuál cosa en mi vida o la de mi familia? Es momento de perdonar al Señor, pedir perdón y después darle gracias en el nombre de Cristo Jesús por su misericordia y amor. Te animo a buscar los pasos que hablamos en el capítulo 1 en el "Más Allá del Perdón" para reforzar el perdón y la sanidad.

Recuerda que Dios no tiene la culpa de muchos eventos sino las decisiones que se tomaron. Aun así, muchos le guardan rencor. Por eso como parte del proceso de avanzar se honesto, abre tu corazón en humildad y pide perdón a Dios. Esto es parte de superar ese ciclo de dolor, crecer y madurar y seguir adelante.

Segundo perdónese a usted mismo si se ha culpado o autocriticado. El perdonarse es lo mejor, y como tarea haga una lista de lo que ha logrado. Anote en que área es bueno o tiene talentos como parte del proceso de crecimiento, sanidad y madurez al buscar establecer una estima saludable.

Tercero perdone a su papá y a su mamá, así como familiares, amigos, profesores, compañeros de trabajo y personas que piensas que te afectaron hasta este punto. Tome la decisión de perdonarles como Dios le perdona a usted. Además, cómo ya aprendió, descubra y escriba en otra lista lo que te causaron estos sentimientos o qué produjeron en ti y sácalos fuera en el nombre de Cristo Jesús.

HORA DE ROMPER EL SILENCIO

El Espíritu Santo me Hará Recordar

*Encomienda al
Señor tu camino,
confía en él
y él hará*

Salmo 37:5

HORA DE ROMPER EL SILENCIO

CAPITULO VII

¿Qué es la Manipulación?

*Enséñame, oh Señor, tu camino;
guíame por sendas de rectitud
a causa de los que me son contrarios.
Salmo 27:11*

Una tarde en su presencia, mientras oraba en mi habitación, me llegó un pensamiento de Dios guiándome a realizar una llamada que no quería hacer. Tenía muchas razones para evitarla. En ocasiones luchamos con las instrucciones que recibimos de parte del Espíritu Santo al pensar que son ideas nuestras; pero sobre todo cuando van en contra de lo que queremos hacer.

Decidí obedecer al reconocer que era la voz de Dios. Como resultado, tomé el teléfono, y a pesar de la duda o de lo que podría decir o hablar la otra persona que iba a recibir la llamada; llevé a cabo la indicación del Señor.

Luego de transcurrir varios segundos recibí la voz interna, que sabía que venía de Dios y la escuché cuidadosamente. Me puse a escribir lo mejor que pude ya que fluía a modo de dictado y con revelación. El Espíritu Santo me estaba aclarando el panorama de lo que había ocurrido. Fue como cuando se abre una ventana inmensa donde se recibe con claridad la luz, y llega el entendimiento acerca de un tema que es el título de este capítulo.

Una vez se estableció la comunicación dejé que fluyera la conversación escuchando con atención para saber que Dios quería que entendiera y aprendiera de esta situación. Hablé lo menos posible. Al despedirme y colgar el teléfono, quedé en silencio sin entender lo sucedido; pero tranquila porque fui obediente a la instrucción del Señor.

Escribir este capítulo fue un gran reto. Al hacerlo fueron descubiertas emociones y sentimientos que tenía escondidos porque no los había visto con el entendimiento del Señor cuando queda expuesta la revelación de lo que es la manipulación. En ese momento pude recibir esta enseñanza.

El tópico era uno que conocía por la Biblia, y pensaba que era control, pero me di cuenta que solo lo sabía de manera superficial; y ahora Dios me quería llevar a profundizar e identificar lo que es la manipulación. Este espíritu busca controlar en todo sentido; incluyendo la mente, emociones y voluntad de sus víctimas. Por lo general actúa sobre las personas que tienen una baja estima, o han sido manipuladas porque se les entreno a ser esclavos, y a obedecer comandos.

Recuerdo que como efecto de lo que estaba viviendo Dios permitió que tantas personas se alejaron de mi alrededor incluyendo gente de la iglesia, que se encontraban dentro de esta categoría y no eran de bendición. Puedo testificar que llegó la libertad por causa del discernimiento. Por eso es necesario saber escuchar las voces internas que nos hablan y diferenciar entre: la voz de Dios, la voz del enemigo, la voz de nuestra voluntad, y la de un mal consejero que puede ser un manipular.

El tener este concepto claro evitará que se pueda ser engañado ya que el manipulador busca ejercer control. La mayoría de los individuos que permiten ser manipulados por otros muchas veces lo consienten sin saberlo. Por esa razón me propuse buscar el significado y estudiar este tópico hasta que logré entender a profundidad todo lo que es motivado por ese deseo de dominación.

¿QUÉ ES LA MANIPULACIÓN?

En este esquema o sistema de gobierno se idea un plan o estrategia para usar las personas. Para lograr el propósito se les dirige a alcanzar sus más íntimos deseos. Estos son engañados y entran a trabajar a favor de los intereses de aquellos que los mueven. El espíritu habita en una persona que influye en otras con sus intenciones malévolas y egocéntricas para que se haga lo que él o ella quieren.

Muchos individuos caen en estas redes por cumplir sus propios objetivos al ser guiados por: la codicia, envidia, soberbia, falsedad, halagos y regalos. Lamentablemente como no se dejan ver las verdaderas intenciones de los que las ejecutan, ni quiénes son realmente, se puede llegar a ser víctima de este abuso que incluye hasta ser tocado, acariciado, rozado, manoseado y abusado por otro u otra en diversas formas; y sin consentimiento.

De esta manera se dan patrones de conducta que se extralimitan y caen en el libertinaje afectando a quiénes los sufren, y la mayor parte de las veces sus hijos y familias hasta que se rompe ese ciclo.

En la Biblia aprendemos que el control actúa por medio de la brujería, idolatría, hechicería, magia, encantamiento y falsos profetas que es una forma de falsificación donde hay muchas mentiras y engaño por falta de temor a Dios.

> *Por tanto, así dice el Señor omnipotente: Estoy contra sus hechicerías, con las que ustedes atrapan a la gente como a pájaros. Pero yo los liberaré de sus poderes mágicos, y los dejaré volar. Rescataré a mi pueblo de esos sortilegios, para que dejen de ser presa en sus manos. Así sabrán que yo soy el Señor. Porque ustedes han descorazonado al justo con sus mentiras, sin que yo lo haya afligido. Han alentado al malvado para que no se convierta de su mala conducta y se salve. Por eso ya no volverán a tener visiones falsas ni a practicar la adivinación. Yo rescataré a mi pueblo del poder de ustedes, y así sabrán que yo soy el Señor. Esequiel 13:20-23*

Existen hogares donde los padres, ya sea uno o ambos,

apoyaron a sus hijos demasiado cuando se les consintió al punto de controlar a todos en su casa. Esta manera de actuar trae consigo que en el hogar los demás sean esclavos del manipulador haciéndose víctimas ellos y sus generaciones. Llegó la hora de romper el silencio y ser libres de estas formas de manipulación.

Según pasaba el tiempo continué recibiendo la revelación del tema y entendiendo como hay varios tipos de manipulación en los núcleos familiares. Fui sorprendida porque visualicé varias situaciones a mi alrededor de las cuáles no estaba consciente, y les confieso que asimilé cómo era parte de este grupo de sumisión y esclavitud.

La libertad empezó a llegar en la medida que iba integrando las piezas del rompecabezas, y toda la información que el Espíritu Santo estaba trayendo a mi vida. Ahora puedo estar más alerta, y orar además de actuar al tener la sabiduría y el discernimiento para ayudar a otros.

Piense por un momento en un hogar donde está la manipulación a través de un padre o la madre, ya sea porque se casaron siendo así o lo aprendieron en el camino. El problema de este ambiente es que se extiende hasta los hijos y nietos si no se enfrenta ya que éstos van a aprender a controlar a otros, sin saber las consecuencias y secuela que trae este tipo de conducta. Por lo general un manipular a la larga termina siendo alcanzado por su pecado.

Esta pareja a nivel de familia es un dolor de cabeza porque unidos traman cómo despojar y robar a sus hermanos, y a otros miembros de la familia al manipularlos y sacar la mejor parte. Por ejemplo, al morir los padres de estos individuos, ellos serán los que quieren quedarse con todo. La triste realidad es que su generación se prepara para unirse con otra igual, o buscar un sumiso o sumisa para dominar. El domino o gobierno sin principios bíblicos no es de Dios.

Cuando en una pareja se unen dos esclavos o sumisos les toca afrontar la vida de forma muy ardua y dura por no tener un claro plan de defensa que es el orden de Dios desde el comienzo. Es necesario levantar barreras de protección para evitar la intervención en el hogar, decisiones personales y de negocios de otros que traten de llevar la familia a pérdidas de las cuáles muchos después se arrepienten. En especial por no tomar decisiones firmes y autorizar que terceros las hagan por ellos. Aunque éstas personas están sanas de un corazón egoísta son fáciles de ser abusados por quiénes no lo están y les falta establecer un balance.

Después de entender un caso, venía otro y la explicación relacionada. Esto fue maravilloso ya que iba avanzando en el tema. Dios me seguía mostrando como debía evitar los ambientes y familias donde la manipulación prevalece como estilo de vida. Este tipo de hogares son disfuncionales y conflictivos ya que viven en una guerra interna, y también con los que llegan o se acercan.

Vamos a ver lo que dice *2 Timoteo 3:5 (b)* sobre esta clase de personas en algunas versiones de la Biblia:

No te hagas amigo de esa clase de gente. (TLA)
No tengas nada que ver con esa clase de gente. (DHH)
¡Aléjate de esa clase de individuos! (NTV)
...no te metas con esa gente. (PDT)
...a éstos evita. (NVI) (RVR1960)

Si quieres puedes leer más traducciones y compararlas. Habrá casos donde sólo nos queda orar, y esperar que las personas se conviertan de corazón a Cristo Jesús y mientras ocurre se puede pedir que el Espíritu Santo traiga la convicción de pecado a sus vidas.

El efecto de lo que hablamos puede alcanzar y trascender: relaciones, familias, iglesias, empresas, gobiernos, etc. Esta cadena se detiene cuando una persona recibe la revelación, confiesa su falta ante Dios, pide perdón y a consciencia realiza un cambio de conducta permanente. Estos pasos son claves para ser desatado y liberado viendo resultados en su vida y la de aquellos a su alrededor.

La persona que porta el espíritu de manipulación busca: dividir, separar, robar y tomar lo que no le pertenece. Esto lo lleva a ser ambicioso, y hasta poder matar y quitar del medio al que se opone a sus planes y malas intenciones. Se puede decir mucho más; pero me gustaría que tuvieras la oportunidad de descubrir e investigar por ti mismo que otras cosas puede hacer o intenta realizar esta conducta de manipulación.

Al realizar este ejercicio podrás aplicarlo a tu vida, y ver lo que causó. Todos de una manera u otra hemos estado durante algún momento de la vida envueltos en este terrible patrón.

Este capítulo, y lo que aquí escribo, pretende dejar al descubierto un espíritu que opera por medio de quién le da la autoridad legal trayendo división y separación en sus hogares. He visto familias destruidas porque se le dejó actuar hasta la etapa de adulto haciendo víctimas a sus padres los cuales lo justifican y lo ven como el que sufre y necesita ayuda.

Es necesario poner un pare a la ola de destrucción que esta conducta errada trae consigo; ya que nunca se sacia, ni detiene a menos que se establezca un alto. El corazón de quién lo posee no es bueno; y de lo malo de su corazón hace daño o lo intenta hacer ya que es calculador.

El comienzo de la sabiduría es el temor del Señor; conocer al Santo es tener discernimiento. Por mí aumentarán tus días; muchos años de vida te serán añadidos. Si eres sabio, tu premio será tu sabiduría; si eres insolente, solo tú lo sufrirás.
Proverbios 9:10-12

El efecto de la manipulación es acumulativo y quiero presentar como trabaja en una persona, relación o familia; así como las clases de manipulación que existen y se utilizan. El conocimiento bien usado trae sabiduría y la posibilidad de cambio.

Es lamentable que quién se dirige por esta forma de conducta actúa en oposición a Dios y Su Palabra. Es importante que como hijos e hijas del Altísimo no ignoremos las maquinaciones del enemigo.

¿QUÉ ES LA MANIPULACIÓN?

Muchas de las situaciones que se viven o han vivido; y traen destrucción en una vida o familia no vienen de parte del Señor sino del enemigo de las almas. Te exhorto a adquirir discernimiento y astucia, además de la sabiduría, como parte de las herramientas necesarias en la vida.

Empecemos con un análisis de nuestra propia familia y situaciones relacionadas. Como dijimos por lo general hay uno en la casa que manipula a los padres, y ellos lo apoyan. Esa persona logra envolver con sus argumentos y estrategias para salirse con la suya. Así se va creando cuando no se corrige el perfil de un manipulador. Esto ocurre especialmente cuando no se está consciente de este hecho.

De acuerdo con la cantidad de tiempo que se le permite laborar será el daño que puede ocasionar. Aquí radica la importancia de identificarlo, y evitarlo en cuanto sea posible. Si ya se ha infiltrado se necesita dejarlo al descubierto y manejar la situación con eficacia y astucia para salir victoriosos. Siempre he creído y comprobado que una vez se descubre un evento o situación, el mismo pierde control porque el poder de Dios es más grande. Es necesario trabajar a favor de un cambio para dar un giro a la historia.

Sabemos lo maravilloso que es Dios mismo al darnos libre albedrío sin merecerlo; pero es penoso que se utilice la voluntad y capacidad de tomar decisiones delegadas por el Creador para hacer daño. Aquí radica el que injustamente se culpe al Señor por lo malo que ocurre en el planeta, y en las vidas de las personas cuando es la maldad del hombre o la mujer que tomando decisiones fuera de la voluntad del Padre lo causan; y luego se ven las consecuencias.

Es fuerte y triste, pero hay quienes poseen un espíritu de maldad y deciden no cambiar sus sendas por avaricia e intereses personales arrasando a su paso. La Biblia presenta múltiples ejemplos como: Jezabel y Acab en el libro de Reyes, la historia de Amán en el libro de Ester, Sísara en el libro de Débora, Judas en los Evangelios, y el espíritu del anticristo que se está moviendo en medio de: falsos pastores, falsos profetas, falsos cristianos y falsos amigos.

En este mundo en el cuál vivimos se ven gobiernos tiranos, y gobiernos comunistas que creen que están en la verdad; pero solo miran desde su lado. Un solo lado. Aquí se puede hablar de Hitler, Chávez y Maduro en Venezuela, Cristina en Argentina, Ortega, Castro y su familia en Cuba, etc. Lamentablemente la lista puede seguir mientras los pueblos se sometan a esos espíritus que están lejos de la voluntad de Dios.

Algunos de éstos consultan: adivinos, brujos, hechiceros y otros. Jezabel lo hacía con los falsos profetas que comían en su mesa utilizando los dones de quienes no están alineados a la Palabra del Señor para anticiparse a los eventos y manipular la información a su favor.

Vemos los fariseos y maestros de la ley siguiendo este orden cuando quisieron también seguir en sus posturas. Ellos no aceptaron a Cristo Jesús como el Hijo de Dios, y buscaron acusarlo falsamente manipulando la situación para llevarlo a morir. Aun después de su crucifixión y resurrección decidieron seguir en la misma conducta a pesar de los resultados que sus acciones trajeron.

Según avanzamos, pretendo que puedas abrir tus ojos espirituales y tener una mejor percepción de cómo opera el reino de las tinieblas para dejarlo al descubierto. Los ejemplos que voy a ir dando buscan ayudarte a seguir identificando y detectar un manipulador lo antes posible para neutralizarlo y detenerlo. En el caso de que seas tú quien lo está practicando, puedas tener la oportunidad de romper con este errado modo de ser y dar un cambio a tu vida.

Cuando los espíritus en las personas que los portan quedan expuestos, lo mejor es estar en oración para recibir la dirección del Espíritu Santo y que Él te permita ver lo que se está haciendo. Así se actúa en base a su guía y dirección en lugar de operar desde una perspectiva humana, por impulso y por emociones. El trabajar en la humanidad resulta en desventaja para el que lo practica ya que al actuar por legalidad se puede ser atacado cuando no se toma en cuenta la gracia.

La Palabra de Dios nos habla sobre las armas para la destrucción de fortalezas. Se nos dice que son espirituales, y no carnales. Debemos recurrir a Dios antes de actuar y pedir: sabiduría, discernimiento y estrategias para ir contra los espíritus que se levantan a tratar de hacernos daño a nosotros, nuestros hijos, familia, iglesia, empresa o nación en lugar de ir en contra de la persona.

En ocasiones es mejor alejarse e ir observando en silencio su forma de actuar y analizar cómo intentan lanzar redes para alcanzar sus objetivos. Lo mejor es ir en oración ante el Padre con humildad, y presentar nuestro caso. Como resultado de escuchar y seguir la dirección del Espíritu Santo se irá saliendo poco a poco de los lazos, fosas o malas intenciones que se trazaron si por alguna razón se cayó en alguna.

Un ejemplo bíblico de lo que acabo de presentar lo vemos en el libro de Génesis y la historia de José. Este fue tirado ante celos y envidia por sus hermanos en un pozo. Ellos engañaron a su padre Jacob sin tener compasión de él, que ya era un anciano. Dios lo fue guiando, y luego de muchos procesos lo sacó para ubicarlo en la posición que le tenía destinada. José perdonó a sus hermanos; pero no restableció los vínculos hasta que supo que ellos habían cambiado.

Ester presenta un modelo de alguien que fue colocada en un lugar de privilegio para evitar la exterminación de su pueblo y de ella misma por quiénes se movían bajo manipulación. La oración, ayuno e intercesión, así como la unidad de los judíos lograron que Dios les diera favor, y les permitiera defenderse de sus adversarios. Así los creyentes lograron una victoria para el pueblo del Señor cuando siguen la dirección bíblica.

Si te enfrentas a una situación como alguna de éstas recuerda que: el amor, el perdón y la obediencia al trabajar desde la perspectiva de Dios te llevarán a superarla aunque tengas luchas espirituales que librar en el camino. Toda puerta abierta para mal en el mundo espiritual debe ser cerrada.

Los envío como ovejas en medio de lobos. Por tanto, sean astutos como serpientes y sencillos como palomas.   Mateo 10:16

Recuerda que la batalla no es contra las personas, sino contra los espíritus que operan en su interior. Lo que muchos no entienden es que lo que sucede en la tierra es un resultado de lo que se mueve en los aires. Si se dejara que Dios gobernara con libertad estaríamos viviendo de acuerdo con lo que se diseñó desde el comienzo. El problema es que muchos siguen rumbo al mal y no quieren cambiar sus sendas.

Cuantas personas han sido lastimadas porque alguien que entró en el núcleo familiar bajo estos argumentos causó daños que llegaron no tan sólo a los padres sino también a los hijos y nietos; tomando años el tratar de resolver las consecuencias de lo sucedido.

No puedes confiar en quienes saben que son tus adversarios; y debes alejarte de ellos incluso como parte de un proceso de sanidad y liberación. El enemigo va a hacerte sentir mal cuando es clave poner distancia con quién te quiere dañar. Hasta querrá traerte sentimientos de culpa, o que pienses que los demás son inocentes. Aquí hay manipulación envuelta para evitar que se enmienden sendas que necesitan ser transformadas.

Muchas personas van a intentar controlar la mente y entorno de los que buscan manipular. Esta en cada cual si se resiste o se deja mover la barca. A medida que vamos avanzando es mi deseo que vayas recibiendo liberación y sanidad interior.

Este capítulo es una voz de alerta para los que practican la manipulación, y los que son víctimas de ésta ya que el tema ha afectado mucho a los individuos y las familias principalmente al no enfrentarlo. Es hora de abrir los cofres y baúles con secretos familiares. Es "Hora de Romper el Silencio."

Esta es la confianza que delante de Dios tenemos por medio de Cristo. No es que nos consideremos competentes en nosotros mismos. Nuestra capacidad viene de Dios. 2 Corintios 3:4-5

En un comienzo cuando se descubre que se ha sido víctima de este plan y se ha caído en las redes se puede sentir molestia, ira o coraje; pero Cristo Jesús vino a sanar y libertar. Ese es el propósito principal de este libro que veas una salida en Dios. *"Sabemos que en el mundo tendremos aflicciones, pero Cristo ha vencido"* como dice la cita bíblica a continuación.

Yo les he dicho estas cosas para que en mí hallen paz. En este mundo afrontarán aflicciones, pero ¡anímense! Yo he vencido al mundo. Juan 16:33

Para resumir, hemos presentado tres tipos de personas manipuladoras, y el mismo concepto aplica también a las familias. Aquí las vemos en detalle:

1. El primero surge cuando un individuo aprendió esta conducta en su casa al verla como ejemplo, pero su corazón está lejos de ser así. Por eso puede reconocer el error y cambiar.

2. El segundo es aquel que lo ha tomado como un juego porque puede obtener ganancias al ver que funciona. Sin embargo, al aprender que esta mal; y su corazón no ir hacia ese lado deja de hacerlo.

3. El tercero no ve, o no quiere ver lo que ocasiona esta conducta; y aunque sea descubierto no cambia. Incluso puede aparentar ser diferente para seguir alcanzando sus objetivos, pero sus pasos lo guían hacia la maldad. Este tipo de persona tiende a endurecer su corazón. Recordemos lo que dice la Palabra *"con esta gente ni te metas."*

¿Puedes identificar si te encuentras o alguien cercano a ti en alguno de estos grupos de personas, familias o relaciones? Si lo reconociste es necesario romper el ciclo y trabajar hacia el cambio. La manipulación no es parte del propósito de Dios, es una emoción que controla Satanás. Es necesario reconocer la maldad del enemigo para detener este mover.

El ladrón no viene más que a robar, matar y destruir; yo he venido para que tengan vida, y la tengan en abundancia.
Juan 10:10

El individuo que manipula también necesita ser sano, perdonar y pedir perdón. Muchos de ellos lo saben, pero les cuesta cambiar, doblegar su ego y rendir el orgullo dando un giro a su vida y la de los que están a su alrededor. El pedir perdón y perdonar liberta, sana y restaura. Cuando se hacen estos cambios surge un nuevo nacimiento bajo la perspectiva de Dios.

El que se deja manipular también tiene que decidir con determinación ser transformado. Al no tener su voluntad y carácter definidos se vuelve presa fácil de las intenciones de otro que se mueve de acuerdo con sus intereses sin tomar en cuenta los demás y necesita cambiar.

Cuando recibí esta revelación por supuesto que vinieron preguntas a mi mente, y entendí como se analiza y trabaja una víctima para llevarla hasta un patrón de abuso. Aprendí que la persona que practica esta conducta busca esclavos más que víctimas para ser manipulados.

Un manipulador tiende a ser una persona que provoca un patrón de abuso que es necesario corregir. En el caso de un matrimonio este ciclo puede llegar hasta la violencia domestica ya sea: emocional, física o verbal. Nadie merece ser tratado de una manera diferente a como Dios nos trata.

Vamos a presentar el ejemplo de un hogar donde se le enseño a uno de los niños a no enfrentarse a su hermano o hermana sino a darle la razón y bajar la cabeza para evitar discusiones. Como resultado de este argumento equivocado se introdujo en la mente de quién lo recibió un modelo de conducta que tiende a ceder sus derechos. Mientras no se está consciente de esto es posible convertirse en un esclavo o manipulado en la vida personal y en la profesional.

Si a esto se le suma que un manipulador (que siempre quiere

controlar porque en su casa le daban la razón) se encuentra en el camino con el que aprendió a ser manipulado van a estarse uniendo en matrimonio dos personas en un patrón de conducta destructivo y disfuncional.

Muchos jóvenes utilizan la manipulación para tener relaciones con una chica antes de casarse; y hasta para abusar de ella. Este espíritu traspasa líneas de respeto y personales para acceder a una víctima. Una persona que carece de carácter e identidad permitirá este tipo de agresor en su vida mientras que otra que está clara en su valor lo detendrá a tiempo. Algunos chicos prometen matrimonio con tal de alcanzar su objetivo; y luego dejan las muchachas.

Por otro lado, se dan situaciones donde una chica puede seducir o llevar a un varón a tener sexo por diferentes motivos haciendo uso de la manipulación. Esto ha llegado a un punto donde algunas redes sociales se han mal utilizado para alcanzar objetivos relacionados con hombres y mujeres que hasta pueden terminar en tráfico humano; y otros temas relacionados.

Este tipo de conducta trae resultados adversos que se pueden ver a corto y largo plazo cuando el evento no se procesa. Además, puede afectar luego una siguiente relación si no se recibe sanidad. Tanto las jóvenes como los jóvenes por vergüenza y dolor callan; pero cargan el peso del evento que ocurrió. Muchos lo hacen por el resto de su vida; pero esto les afecta luego en su matrimonio.

Hay quienes han sido abusados desde pequeños por los que estaban a cargo de cuidarlos y educarlos. Cuando este hecho se da en las primeras etapas de vida a veces no se está consciente; pero queda registrado a nivel inconsciente provocando un efecto a nivel integral.

Entre algunos rasgos de conducta que se ven en una joven que ha tenido relaciones antes de tiempo se encuentran: el ser retraída, volverse violenta, tener mal genio o mal humor, crear fortalezas mentales de desconfianza pensando que otros le pueden hacer lo mismo, no querer tener relaciones porque internamente se siente sucia, o se puede llegar a la promiscuidad,; hasta perdonar y sanar.

La persona que tuvo esta clase de abusos siente que se ha violentado su dignidad, pureza, y privacidad al exponer su vida a esta situación antes de la etapa que debía. Esto puede ser porque se hizo de manera voluntaria o porque se fue forzado. Recordemos lo que hable en cuanto a las etapas de vida, y lo importante que era superarlas de acuerdo con la edad física y emocional para luego no tener que trabajar las consecuencias.

La identidad de nuestros hijos e hijas a la voluntad de Dios es un tema profundo y necesita ser comprendido. Los padres y familia pueden ayudar a desarrollar un estilo de vida sano conforme a las etapas correspondientes y de acuerdo con los elementos bíblicos al hablar y romper ciclos familiares. Esto ayudaría a evitar muchas uniones que promueven conductas destructivas donde los más afectados son los hijos producto de esa relación.

Recordemos que la Palabra de Dios en nuestro interior actúa como ríos de agua viva que traen sanidad y limpieza. El llegar a entrar en pacto con Dios por medio de la sangre de Jesucristo puede hacer que seamos libres y transformados. Este hecho tiene el efecto de una cascada en nuestra vida y la de nuestros hijos al traer restauración y renovación.

A pesar de que estas herramientas están presentes y disponibles para todo aquel que las necesite, muchas veces no se utilizan. En lugar de instruir a los hijos en la Palabra de Dios los llevamos en una dirección opuesta junto a los resultados que esto trae.

En el caso de las niñas muchas madres les hablan principalmente de temas como: el protocolo, vestimenta, las modas, el noviazgo, la boda, etc. pero no se cultiva la sana estima e identidad a la manera de Dios la cual evitaría que una joven pueda convertirse en víctima de un manipulador que la lleve en la dirección contraria a la que se quiere.

A los varones se les educa muchas veces en cuanto a: formación académica, deportes, como seguir el legado de la familia, y como ser hombres de acuerdo con una visión machista; sin tomar en cuenta lo que dice la Biblia sobre la instrucción a los hijos.

En ambos casos se dejan los hijos al descubierto y como resultado pueden quedar como presa fácil de alguna persona que no tiene temor de Dios y se aprovecha de ellos para satisfacer sus deseos personales. Este tipo de uniones no es saludable: ya sea pasajera o permanente; y necesita ayuda.

La consejería antes del matrimonial es una excelente oportunidad para detectar patrones de conducta de este tipo y trabajarlos para no llevarlos al matrimonio. Por medio de esta se busca traer lo mejor a la relación, y dejar fuera todo lo que pueda afectarla. Durante ese tiempo quedan al descubierto muchas emociones que es preferible que sean expuestas antes de llegar a la boda y no después.

En el caso de un matrimonio, es recomendable que la terapia sea individual y colectiva para ser sanados y libertados. El enfoque busca la transformación de la relación y poder salvarla especialmente si hay niños.

Hablar y trabajar los sentimientos, así como las emociones que causo un episodio no deseado trae libertad. Esto busca aligerar el peso que se carga y dejar las maletas listas y vacías. Es reconocer aquello que traen y van a dejarlo para no llevarlo a la familia que van a iniciar. Podemos ampliar. Si, viene de un hogar conflictivo deben ponerse de acuerdo que no pueden usar en el hogar que están formando, como fueron educados para cuando vengan sus hijos puedan establecer como lo haran, si alguno de los padres los quiere dirigir donde no deben, entonces saben que no será aceptado porque ellos lo hablaran primero, en diálogo y comunicación el mejor regalo a una pareja de esposos. Para poder recibir nuevas experiencias de bendición y gozo como las que Dios desea para sus hijos.

Muchas personas usan la boda y la salida de su casa como

una válvula de escape ante una situación difícil. El problema surge cuando terminan uniéndose con un manipulador o alguien como el o la que buscaban evitar, porque no habían sanado esa relación ni el evento que los afectaba uniéndose en yugo desigual.

Si observas estos patrones de conducta en una familia evita entrar en ésta porque sabes que los modelos se van a tender a repetir.

Los que se unen bajo este sistema sufren hasta que alguien lo reconoce, decide hacer un alto y cambiar. En estos casos hace falta consejería profunda y disposición como habíamos dicho antes, así como un cambio de conducta y de la forma de pensar.

Una situación como esta, que se puede dar en el ámbito personal o profesional; y muchas veces las víctimas no se dan cuenta hasta que otro les hace conscientes. Una vez se integra la información se requiere de cambio, corrección, autodisciplina y mucha disposición para llevar a cabo una transformación con resultados satisfactorios.

En ocasiones el aconsejar una pareja o matrimonio que se encuentra en este ciclo es delicado ya que la parte que es víctima tiende a defender y justificar el manipulador, y no quiere escuchar los consejos a su alrededor. Incluso puede llegar a molestarse con quien busca ayudarle en lugar de agradecerle. Este tipo de reacciones ocurre en parte porque se ha creado una dependencia que es difícil romper.

Hasta cierto punto se puede caer en idolatría ya que se le está dando a alguien que no es Dios la autoridad de manejar la vida y decisiones que se toman.

Cuando una víctima se ve amenazada; y piensa que se le está quitando la única persona donde puede apoyarse o en la que ha puesto su confianza puede atacar aun a quienes le quieren dar la mano. Si esto sucede es importante mantener la distancia y buscar que se establezca una relación solida con

Dios. El Señor desea que nuestra única dependencia sea de su persona, Jesús y el Espíritu Santo.

¡El SEÑOR juzgará a los pueblos! Júzgame, SEÑOR, conforme a mi justicia; págame conforme a mi inocencia. Salmo 7:8

En este verso bíblico se puede leer como Dios, como Juez Justo, permite una retribución conforme a la intención real y verdadera de la persona que actúa.

A los ojos de los demás se pueden esconder las verdaderas motivaciones de un hecho, pero el Señor ve más allá de lo que es tangible. El Padre pesa lo que está en la mente y el corazón junto a las verdaderas intenciones de lo que se dice o hace.

El superar estos obstáculos y promover relaciones sanas es un paso enorme hacia la fortaleza de carácter y liberación. Cuando se logran cambios de conducta, se ven resultados que son de bendición

Más Allá del Perdón...

Es necesario analizar nuestra vida, y ver si somos o hemos sido: uno que manipula o uno que ha sido manipulado. En cualquiera de los dos escenarios es necesario tomar una decisión rumbo a un cambio y preguntarse ¿Qué voy a hacer?

Cuando se es un manipulador lo primero que hay que hacer es: reconocerlo y tener un verdadero arrepentimiento. Luego hay que pedir perdón a Dios. En adición si se quieren ver resultados notables, de ser posible se debe pedir perdón a quién o quiénes se ha utilizado para alcanzar algún objetivo.

También es básico perdonar porque en ocasiones se llega a ser un manipulador al ser manipulado, y no querer que nadie más vuelva a repetir ese patrón. Este principio es uno de los que causa que se levante una persona con tendencias a hacer "bully" y buscar pleitos. El problema mayor ocurre cuando el ciclo no se detiene; y la persona se convierte en un maltratante que incluso puede llegar a provocar patrones de violencia doméstica si está casado (a).

Aquí hay que pedir perdón a la familia, y solicitar ayuda pastoral o profesional para llegar a la raíz del problema. Así se puede transformar el carácter, y las emociones negativas que no fueron trabajadas antes sino almacenadas. El perdón trae libertad, sanidad y paz. Muchas situaciones que terminaron en contiendas difíciles de resolver se hubieran arreglado por medio de una verdadera disculpa que sale del corazón.

Si usted fue el manipulado debe perdonar y perdonarse por haber cedido su voluntad a los deseos de otra persona. Es necesario exponer las emociones que el evento o situaciones le causaron tales como: la ira, odio, rencor, venganza, etc. al saberse utilizado o traicionado. Este hecho es principalmente importante si la persona que causo el daño es un familiar o alguien cercano.

Es decisivo realizar cambios y mantenerse firme con las nuevas posturas, a la vez que se desarrolla y afirma el carácter correcto. Cuando no se tiene un modelo adecuado para imitar, se puede buscar alguien justo como Jesús, el Hijo de Dios. La Biblia es el mejor libro que puedo recomendarle para realizar una transformación de su alma y forma de pensar.

Le exhorto a renunciar al patrón de conducta errado y cambiarlo por uno correcto. Es bueno realizar una lista de los rasgos de personalidad que va a modificar y visualizar a lo que se está vulnerable para evitarlo. Los cambios buscan romper ciclos repetitivos de abuso donde se ha dejado que se absorba la personalidad o se ha cedido más allá de lo debido.

Es necesario salir del lugar donde se está atrapado ya que en ocasiones se llega hasta un punto donde no se pueden ni tomar decisiones. Esto es más profundo porque se han visto casos donde las personas pueden estar en crisis sin ser capaces de tomar decisiones. Es hora de reconocer que este es un modelo errado de conducta; y que se necesita decidir salir de la esclavitud a la libertad.

Quizás antes no tenías el conocimiento para tomar la determinación; pero ya que conoces lo que te he presentado, solo tú decides como vas a llevar a cabo un cambio.

Te animo a ir más allá del perdón, y perdonarte, por haber tolerado o provocado una conducta de manipulación. Es el momento de levantar tu estima y valorarte para no caer otra vez en relaciones dañinas.

Para que se produzca una transformación se necesita tiempo ya que hay que ir tomando decisiones que nos lleven en esa dirección. Algunas de estas son: realizar elecciones saludables, actuar con justicia, dejar la ingenuidad, afirmar su personalidad y carácter conforme al de Cristo, analizar antes de actuar, y no aceptar todo lo que se nos presenta sin orar, ni investigar primero.

El mantener nuestra mente conectada con la Palabra de Dios, y con personas sabias que nos guíen e instruyan en un camino correcto será de gran ayuda al cumplir este objetivo. Es tiempo de ser libres de las manipulación y de ser manipulados. Es hora de sanar y seguir adelante. Es tiempo de libertad.

¿QUÉ ES LA MANIPULACIÓN?

El Espíritu Santo me Hará Recordar

HORA DE ROMPER EL SILENCIO

Enséname, oh Señor, tu camino; guíame por sendas de rectitud a causa de los que me son contrarios.

Salmo 27:11

HORA DE ROMPER EL SILENCIO

CAPITULO VIII

Transiciones

*El corazón del hombre traza su camino,
pero el Señor dirige sus pasos.
Proverbios 16:9*

En el momento que tuve que buscar un título para este capítulo fue necesario detenerme. Al hacerlo fui guiada por Dios a pensar en todo lo que ocurre en este rango de edad. Reconozco que es amplio ya que cubre desde los 25 hasta los 60 años para la mayoría de las clasificaciones.

La palabra transiciones llegó a mi mente. El Espíritu Santo me mostraba que esta describe lo que se vive mayormente en este tiempo. Según se va creciendo y madurando, cada persona se hace más conscientes de sus decisiones y las consecuencias que traen viendo los resultados.

Una transición conlleva cambios y movimiento. Nos hace ir de un lugar a otro y evaluar el camino recorrido. Este capítulo busca que según avanzas en la lectura puedas ir de forma introspectiva pensando en las transiciones que has tenido en tu camino y las lecciones aprendidas en el mismo para que puedas contarlas a tus hijos como parte de la **"Hora de Romper el Silencio."**

Gran parte de lo que se guarda en el baúl familiar son memorias. Muchas

Son emociones acumulativas. ¡¡Que alegría trae sentarse como familia a ver fotos de todos los nacimientos, cumpleaños, fiestas, aniversarios, graduaciones, logros, promociones, etc. Ese tiempo es un tesoro.

Sin embargo, dentro de ese mismo cofre se pueden esconder eventos trascendentales que quedaron grabados en la mente y corazón como resultado de una mala elección. De estos se evita hablar y hasta pensar por el efecto provocado. En cualquier caso, hubo consecuencias que se relacionan directamente con el carácter y la voluntad trayendo: acusación, culpa, muchas veces falta de perdón y hasta manipulación.

Por esa razón se ha recalcado tanto el crear una identidad y seguridad en nuestros hijos de acuerdo con la sabiduría y el conocimiento de Dios, en dependencia del Espíritu Santo, para disminuir el riesgo de errar a lo largo de la carrera.

En Genesis, Dios dijo al hombre: "creced y multiplicaos". Esta frase aplica a la familia como una extensión de sí mismo, pero también se puede aplicar a crecer en todo sentido. La adultez provee la oportunidad de hacerlo, como verás a continuación, al levantar un fundamento correcto sobre el cual nuestros hijos y nietos podrán construir.

Para propósitos del libro voy a describir la adultez en tres categorías:
- Adultez joven o primaria (25 a 40 años)
- Adultez intermedia o secundaria (40 a 50 años)
- Adultez mayor o terciaria (50 a 60 años)

7. Adultez joven (25 a 40 años)

En esta etapa ya muchos han terminado sus carreras, otros se han casado; y algunos lamentablemente no han podido lograr concluir lo que se propusieron.

Cuando los hijos no se encuentran enfocados, puedo aconsejar a los padres que evalúen lo que han hecho. De esta forma sabrán cómo brindarles dirección, apoyo, corregirles en amor, y ayudarlos a lograr sus metas. Es saludable ser flexibles de acuerdo con el caso; y guiarlos a que se puedan enfocar y seguir la dirección correcta que los lleve a cumplir el propósito de Dios en sus vidas.

Durante la adultez joven se tiene el mayor deseo de producción y de lograr independencia económica. Podríamos decir de esta etapa que son adultos en una transición a dejar la juventud. Esto ocurre de manera escalonada a medida que se adquieren múltiples responsabilidades especialmente a nivel profesional.

Hay muchos cambios: biológicos, emocionales, de personalidad, sociales y culturales ya que por lo general se logra esa independencia de los padres que muchos disfrutan. Se comienzan a tomar decisiones que van a marcar una nueva ruta y deben hacerse con sabiduría.

Algunos han formado su propia familia, y ya son padre o madre en unión con sus cónyuges. Aquí también se ven madres o padres criando solos a sus hijos si están: solteros, separados, divorciados o viudos. En ciertos casos se ven abuelos tomando la responsabilidad de los hijos cuando estos no quieren asumir el rol que les corresponde. En general la vida cambia en muchos aspectos y cada determinación que se hace establece un resultado sobre ese joven adulto que la toma y sus generaciones.

Una recomendación que puedo dar es: planificar los hijos de acuerdo con los objetivos trazados. Al hacerlo será más fácil ejercer la función como: esposo, esposa, padre y madre en acorde con la etapa que se está viviendo. La planificación evita situaciones económicas que muchas veces tienden a afectar la relación de pareja. Además, recuerden sacar tiempo a solas como matrimonio y mantener viva esa llama del amor que los unió.

Es tiempo de ir visualizando el futuro con estrategias y un plan financiero que traiga confianza y seguridad a su familia. En esta edad, y las siguientes dentro de la adultez se está en las mejores épocas de producción en todo sentido y algunas de las que puedo mencionar son: promociones en el trabajo o empresa, buenas amistades, manejarse con éxito en la sociedad y convertirse en un buen ciudadano.

Gran parte de lo que se cosecha en esta etapa es resultado de lo que se sembró en las anteriores. Si se lograron pasar en bendición esto le ayudara al aprobar este nuevo reto donde a la vez se estará sembrando para cosechar en los años dorados.

Es en la adultez joven, cuando ya se tienen hijos, donde se espera que hagamos nuestra función como padres. Como parte de esta se encuentra el formar y equipar esos seres que llegaron como una bendición a nuestra vida. La idea es que puedan: defenderse por si solos en la vida, desarrollar una sana confianza en sus capacidades, y adquirir su propia personalidad e identidad de manera segura.

Es tiempo de que sus hijos sean sus amigos, si todavía no lo son, y que compartan actividades en común donde se logre ganar su corazón y respeto. Si no se ha fomentado esta práctica, se puede empezar por unas horas a la semana donde solo estén ustedes. Este hecho le da mucho sentido y seguridad a la relación.

A pesar de todo este esfuerzo que se hace a través de los años para criar hijos saludables, hay una parte que le corresponde hacer a ellos. De esto depende la definición de su carácter al aplicar o no lo que les fue enseñado. Aunque su identidad debería estar basada principalmente en Dios, los hijos tienden a añadir a esa identidad las fortalezas y rasgos positivos que admiran de nosotros. Eso se debe al buen ejemplo que damos dentro y fuera del hogar.

Por lo general los hijos se tienden a identificar más con uno de sus padres, y a tener diferencias con el otro, al no entender cómo actúa. Así se copian patrones de conducta que pueden ser de ayuda al ser buenos o perjudiciales si son negativos.

Gran parte de los problemas ocurren cuando la sabiduría

bíblica y el discernimiento están ausentes. Es lamentable ver una persona adulta o mayor viviendo de manera inmadura y fuera del tiempo que le toca.

El afirmar la madurez es una de las fortalezas más importantes y necesarias de un individuo. No se debe esperar llegar a los años dorados para adquirirla, sino que se debe ir dando gradualmente a lo largo de cada etapa por la cual se transita.

Todo padre sabio y diligente buscará llevar a su hijo por el camino de Jesús, y enseñarle con su ejemplo: buenos valores, principios de vida, tradiciones y costumbres correctas que les ayuden a construir sobre una estructura firme. Esto promueve una cosecha de personas sanas en espíritu, alma y cuerpo.

Es en medio de esta etapa que muchos se desenfocan buscando los placeres que trae el mundo cuando no tienen clara la visión y hasta se apartan de Dios. El trabajo y otras tareas relacionadas vienen como tentaciones a llenar el vacío interior que trae muchas veces el éxito profesional.

Cristo Jesús desea que vivamos en abundancia, y al hablar de esto no me refiero solo al material, sino en todo aspecto de la vida; pero eso solo se puede lograr bajo la dependencia del Espíritu Santo de Dios y guiados por Su Palabra.

Este factor no asegura que habrá ausencia de problemas, sino que en el Señor tendremos una salida, y Dios será nuestro apoyo y escudo para superarlos. El atravesar valles sin Cristo es diferente a pasarlos con Él.

En medio de la realidad que vivimos, tengo que mencionar el divorcio es un factor común a esta etapa. Esto hace mucho daño a todas las partes envueltas. En especial a los niños, quienes guardan rencor de manera consciente o inconsciente hacia los padres. Los resultados no siempre ocurren al momento, sino que se pueden ver sus efectos según pasa el tiempo. Mayormente cuando las padres no se quieren volver a hablar o se divorcian hasta de los hijos.

Es lamentable, pero se hacen demasiados comentarios frente

a los hijos que lastiman primero el corazón de Dios, y a las personas que están envueltas. Muchos de estos no tienen fundamento, y aun teniéndolos, causan un mal efecto en quienes los escuchan.

Es posible dañar la reputación o tratar de lastimar el nombre de una de las dos partes cuando se da una ruptura matrimonial. Esto es frecuente, cuando hay falta de perdón o cuando una de las dos partes no tienen la capacidad de asumir su responsabilidad en lo ocurrido.

Es muy triste, pero a veces se tratan de utilizar los hijos para manipular o hacer daño, así como para controlar. Cuando no se está consciente, se siguen provocando grietas en las relaciones de la familia que luego son difíciles de reparar. Es necesario entender que lo que se siembra tendrá una cosecha. Cada palabra, gesto o evento que es de bendición, como tal va a germinar; pero lo que se hace en la dirección opuesta también se recibirá.

Muchos se preguntan porque está pasando tal o cual situación en la familia, y es necesario ir atrás y ver cuál fue la siembra que se realizó. Los padres causan un efecto en cuanto a su influencia sobre los hijos.

Cuando una persona se casa, no solo lo hace con el contrayente, sino con su familia. A pesar de que una pareja de novios que se une en matrimonio forma un núcleo separado; la familia de cada uno entra a ser parte. Esto puede ocasionar conflictos, especialmente cuando se pasan las líneas de respeto, y se tratan de imponer decisiones sobre el matrimonio afectando la relación conyugal.

Por esa razón te recomiendo que evalúes la familia de esa persona con la cual estás considerando casarte. La Biblia nos exhorta a unirnos en yugos iguales, y no desiguales. Además, establece reglas y parámetros que promuevan la armonía en la relación de pareja y entre los familiares de cada uno.

Una suegra o suegro tienen la capacidad de bendecir, y traer sabiduría a un matrimonio, con un buen consejo, una palabra de exhortación, consuelo y ánimo. También pueden causar divisiones, contiendas o heridas al sembrar semillas de rencor, odio y actuar como cizaña. Establecer límites es saludable.

Es necesario crear un vallado y cerco de protección alrededor de nuestra familia. Este debe estar fundamentado en Dios y Su Palabra. De esta manera se sigue y preserva el orden que nos fue dejado como guía para seguir. El hablar y delimitar las funciones de cada miembro interno y externo de la familia va a evitar muchos problemas futuros al hogar.

El hombre y la mujer como equipo están llamados a proteger su familia de cualquier persona, así sea un familiar que busque entrar para causar daño. El tener un hogar estable te ayudará a poder alcanzar las metas profesionales y/o personales, así como las intelectuales mucho más fáciles. El saber que las cosas marchan bien en casa, con nuestros hijos y en lo personal nos ayuda a colocar y enfocar nuestro mayor esfuerzo en alcanzar el plan de trabajo establecido.

8. Adultez Intermedia (40 a 50 años)

En la adultez intermedia ocurre otra transición donde se busca mayormente ahorrar. En este punto se supone que se hayan aprendido a valorar los recursos que se han estado adquiriendo. En algunos casos muchos entienden este principio luego en la siguiente fase de la etapa o cuando se sufren perdidas por la falta de sabiduría en la administración.

Cuando se logra integrar la importancia de las etapas, esta edad se convierte en un tiempo de cosecha y de apreciar lo recibido. Por otro lado, para los que no han entendido este fundamento y no han empezado a trabajarlo, es como estar en el desierto dando vueltas sin llegar a la tierra prometida hasta que lo integren y comiencen a trabajar hacia la dirección correcta.

La buena noticia es que la Biblia dice en: 2 Pedro 3:8 "Mas, oh amados, no ignoréis esto: que para el Señor un día es como mil años, y mil años como un día." En otras palabras, Dios puede cambiar la trayectoria de una historia de acuerdo con nuestra fe, propósito y disposición.

Escuche a un hombre próspero dando un consejo a las generaciones entre los 40 y 50 años. Este consistía en aprender a valorar la familia como el mejor regalo de vida, pero decía que se debe cuidar además de la descendencia lo que se ha producido. Aquí están: las finanzas, negocios, casas, y otros recursos; manteniendo un balance saludable como clave del éxito. No es tiempo de derrochar o desperdiciar el dinero, ni los talentos, sino de usarlo sabiamente.

Muchas veces y por diferentes razones no se valora lo construido o alcanzado; y hasta se deja ir con facilidad. Algunos renuncian a sus pertenencias por: debilidad de carácter, orgullo, competencia, e incredulidad. Otros por creer que van a lograr más brincando de un lugar a otro, sin entender que es necesario buscar la estabilidad e ir guardando y ahorrando para alcanzar las metas, así como una mejor calidad de vida en los próximos años.

Se necesita aprovechar las oportunidades cuando son las correctas. Sin embargo, hay situaciones donde se pierden: por discusiones familiares o por socios de negocios que se mueven por ambición.

Un ejemplo frecuente son las herencias donde los miembros de la familia prefieren que se pierda lo recibido o estar distanciados, antes de buscar entrar en acuerdo. Los padres son, en gran parte, responsables de este hecho. Muchos se han movido por manipulación o lo han permitido. La cosecha de este fruto es árida ya que deja a su paso destrucción, y muchos asuntos relacionados a lo que acabamos de explicar.

Otro ejemplo que se puede observar sobre lo que hemos hablado se da cuando uno de los socios de negocio que tiende a ser el más oportunista busca despojar al otro. Las razones y motivaciones son variadas. Entre estas puedo mencionar:

una vida desordenada, vicios de alcohol, mujeres, drogas y adicciones. También puede ser por: estar en adulterio, haber incurrido en demasiados lujos y gastos materiales al no tener buena administración, etc.

Esta etapa bien llevada debe estar lejos de todo esto, y moverse hacia una buena y sólida base sobre la cual se puedan levantar las siguientes generaciones. Es importante aprender de los errores que otros cometieron para no repetirlos.

9. Adultez mayor (50 a 60 años)

Una nueva etapa o fase es otra oportunidad para crecer y animarse a cambiar. Los que conocemos el poder de Dios, y como en Él todo es posible. Sabemos que una vida puede ser: restaurada, restituida, y retribuida. De esto hablaré en el próximo libro, y como lograr el balance mediante la fe en Cristo Jesús.

De los 50 a 60 años es más difícil lograr la estabilidad económica para muchos que se encuentran cansados por los embates de la vida; pero puede llegar a ser una de las mejores etapas si se sabe aprovechar y se mira desde la perspectiva de Dios.

Aquí es posible vivir los años más productivos y cambiar la trayectoria en preparación hacia la entrada de los años dorados. La experiencia adquirida, junto a la sabiduría recibida, y el aprender de los errores cometidos permiten que una persona pueda levantarse aun en las peores circunstancias. La diferencia se marca en la forma como se mira la vida.

Un buen consejo que puedo darte es cuidar todo lo que se ha producido y valorarlo. Al llegar a los 60 años se completa una etapa. Esto representa el comienzo de la época de oro, un tiempo para ir recogiendo la cosecha de la etapa de adultez.

Como adultos mayores muchos que comenzaron su familia desde temprana edad, ya comienzan a disfrutar el verla crecer y extenderse. En todos los núcleos existen uno o varios líderes que mantienen la armonía y la chispa de la unidad familiar, por ejemplo al celebrar eventos donde todos pueden participar. Estas memorias son importantes ya que van a lograr establecer vínculos de conexión entre una generación y otra. Busquemos que se fomenten las tradiciones familiares.

No se puede escribir todo lo relacionado a las etapas de vida porque es mucho material; pero quise presentar lo más importante dentro de cada una de las categorías llevándole hacia una introspección. El propósito era que pudiera identificar la etapa o etapas donde necesita cambio o transformación.

A pesar de que Dios, en Cristo Jesús, ofrece una puerta para sanar; muchos prefieren callar, y cargar un pesado equipaje que apenas les permite levantarse. Cuando los sentimientos provocados, por un evento de dolor no se manejan correctamente, este puede comenzar a pasar factura, es ir acumulando episodios para un día cobrarlos con una explosión de frustración y mas emociones reprimidas e impedir que se disfrute de los 60 años en adelante.

La idea de este libro es que se reciba sanidad, liberación y establezcan vínculos fuertes entre los miembros de la familia. Así se podrá disfrutar un tiempo maravilloso en los años dorados. Puedo decirle que no es tarde para avanzar.

Cuando decidí venir a esta nación, le pregunté a mi hija mayor: ¿y qué voy a hacer allá? Ella me contestó muy natural: "Mami, tú eres una mujer que siempre has logrado grandes metas; y aquí puedes reinventar y volver a triunfar". Estas palabras me levantaron, y por fe vi un porvenir seguro, y mucho más en las manos del Todopoderoso.

Porque yo sé muy bien los planes que tengo para ustedes —afirma el Señor—, planes de bienestar y no de calamidad, a fin de darles un futuro y una esperanza. Jeremías 29:11

Por eso este es tu tiempo.

Más Allá del Perdón...

Dios nos llama a perdonar como Él nos perdona. *Mateo 6:12 dice así "Perdónanos nuestras deudas como también nosotros perdonamos a nuestros deudores."*

El que puede perdonar demuestra madurez y evita pasar por procesos de dolor que ocurren como resultado de no poder llevar la carga de emociones sin resolver. Una persona con identidad propia e imagen adecuada de sí mismo reconoce la importancia de este factor, y lo practica como estilo de vida, disfrutando el vivir libre de rencor.

Durante las etapas de adultez, se crea una conexión con lo que va a suceder en los años dorados. Cada decisión que se toma durante este ciclo va a tener un impacto en nuestra vida, y la de nuestra familia. Es necesario que nuestra mente pase por transformaciones de acuerdo con la Palabra de Dios, y se renueve, promoviendo el sellar la mente de Cristo en nosotros.

La Biblia nos habla sobre esto. Jesucristo amaba y perdonaba sin llevar contabilidad de las ofensas. Para poder entrar en bendición en los próximos años se necesita: soltar, sanar y liberar lo que pueda afectarnos y causar dolor.

Hay un tiempo de siembra y uno de cosecha. De los 60 años en adelante se va a recoger gran parte del fruto que se sembró y abono a lo largo del camino,

La adultez es el momento correcto para liberar la carga y aligerar el paso. Aquí somos equipados y preparados para seguir disfrutando las siguientes etapas del camino. Así se evita el culpar a otros por nuestros errores, culparnos, o vivir en condenación. Cuando se supera este punto de acuerdo con el diseño de Dios, para nuestra vida, está va a tomar un nuevo rumbo hacia esa transición en los años dorados.

Es momento de ir "Más Allá del Perdón". Te exhorto a recorrer por medio de las memorias que te sea posible, al recopilar información, la ruta por etapas desde los 25 hasta los 60. Al hacerlo en orden y de acuerdo a la edad se van ir recorriendo las temporadas o ciclos. Por ejemplo de los 25 a los 30, de los 30 a 35, y así sucesivamente.

Es importante que en cada una de estas temporadas, recuerdes momentos claves con la ayuda del Espíritu Santo; ya sean buenos como los negativos que te afectaron y así ver las emociones que dejaron a su paso.

Es recomendable anotar, y contrario a lo que muchas veces se hace, que es anotar para recordar; esta vez vas a escribir para luego borrar. Dios quiere que saques de tu mente, alma y corazón lo que te causo dolor o puede provocar daño en tu interior. En la medida que comienzas a liberar a quiénes te lastimaron y la emoción que produjo, te vas liberando tú mismo.

Toma el tiempo para hacer este ejercicio a consciencia. Al completarlo vas a ir sintiendo que vas soltando libras de peso que traías sobre ti, y que ahora ya no llevas más. A pesar de lo que te he explicado y presentado, si por alguna razón todavía tienes sentimientos sin trabajar, el siguiente capítulo te ayudará a que puedas completar este proceso.

TRANSICIONES

El Espíritu Santo me Hará Recordar

HORA DE ROMPER EL SILENCIO

Porque yo sé muy bien los planes que tengo para ustedes
—afirma el Señor—,
planes de bienestar y no de calamidad,
a fin de darles un futuro y una esperanza.

Jeremías 29:11

HORA DE ROMPER EL SILENCIO

CAPITULO IX

Emociones sin Resolver

Me has dado a conocer los caminos de la vida;
me llenarás de alegría en tu presencia.
Hechos 2:28

¡Es Hora de ser Libres! Esto se logra al poner las manos a la obra, y trabajar en equipo rumbo a una verdadera sanidad y liberación. Me gustaría presentar un modelo ilustrativo de los sentimientos que se tienen sin resolver. Este diseño puede parecer algo exagerado en un comienzo; pero la realidad es que las emociones sin trabajar son peligrosas porque pueden explotar y desatarse en cualquier momento.

La idea del concepto es proveer una herramienta que le ayudará a todo el que verdaderamente desea ser sano en su interior al liberar gran parte del peso que muchas veces se lleva aún sin saberlo. Cristo Jesús murió por nuestro dolor para traer vida y transformación.

Según voy describiendo el diseño, te invito a que lo analices y mires como cada uno de los materiales representa una emoción, y que uso se le va a dar. Esto lo puedes aplicar a tu propia vida, al ir más allá de lo que sufriste en medio de alguna circunstancia.

Muchas personas creen que las circunstancias que están viviendo y su estado emocional es normal y funcional ya que fue bajo el cual crecieron. Según van caminando en la vida sin haber sanado, se encuentran con personas que presenta las mismas condiciones y se unen sin saber su pasado, aceptando un estilo de vida disfuncional. Cristo vino para que tuviéramos una vida en abundancia, pero es necesario estar conscientes del ambiente en que crecimos para traer los cambios necesarios a una nueva manera de vivir.

Vamos a comenzar colocando un ladrillo en las manos de una persona. Cuando el mismo se entrega, quien lo recibe debe saber para qué se usa. Si se desconoce la función de un objeto, éste se convierte en una carga o hasta en un arma para aquel que lo porta.

Un ladrillo ejemplifica lo que se siente al cargar la culpabilidad, y cómo puede irse multiplicando hasta crear un peso sobre la persona que lo lleva. Por lo general se reciben muchos ladrillos a lo largo del camino que es necesario soltar.

Si a esta situación se le añaden algunas piedras, que pueden representar sentimientos tales como: falta de perdón, abuso, abandono y rechazo; ahora se tienen ladrillos y piedras en las manos de quien se le entregaron.

Luego se puede recibir una cantidad de madera que equivale a los golpes, humillaciones y gritos; los cuales se juntan con los ladrillos y las piedras llenando las manos del alma.

Seguimos avanzando, y ahora se suman los clavos tales como: separaciones, divorcio, abandono de los padres o madres que marcan creando una raíz de rechazo. Además llegan otros objetos pesados y cortantes equivalentes a los ambientes donde hubo patrones de alcoholismo, drogas, adicciones, promiscuidad y ausencias que también ocasionan daño.

Al unir estos materiales con todos los anteriores se crea un peso y heridas que causan un dolor profundo al no haber sido trabajados, ni sanados los eventos que los provocaron.

Justo ahí llega un martillo. Este es simbólico de las personas que actúan como acusadores, críticos que traen opresión y recuerdos constantes que atormentan. Muchos individuos que se encuentran en el camino de la vida son como este martillo.

A medida que se continua adelante se añaden las puertas de oportunidades que no se abrieron y que trajeron: tristeza, culpabilidad, autocrítica, pesar; además de las que se abrieron y no debieron haber sido abiertas.

Imagínese todo esto desde el día que usted nació hasta hoy. Es lamentable como se van agregando las emociones negativas a una persona y al núcleo familiar. Esto equivale a cargar internamente el peso de lo vivido cuando no ocurre un proceso de sanidad desde lo profundo del alma.

Como resultado la vida se torna: pesada, se camina sin fuerzas, se vive atribulado, con mal genio, airado, desolado, y desesperanzado. Esta carga a través de los años trae un peso que puede enfermar, ya que el cuerpo necesita liberarse, o sucederán hechos que la persona misma no reconoce. Así salen todas las emociones reprimidas, sin haberlas procesado.

Busque la manera de identificar lo que necesita hablar, confrontar en amor, preguntar e investigar hasta llegar a ser sano y libre por medio de la fe en Cristo Jesús como dice: *3 Juan 1:2 (RVR) "Amado, yo deseo que tú seas prosperado en todas las cosas, y que tengas salud, así como prospera tu alma."*

El peso o carga que no es liberado se coloca en nuestras vidas y se lleva todos los días 24/7. Esto sucede cuando se acumulan episodios no resueltos. Como resultado no hay espacio para las emociones positivas ni vivir bajo el poder del Espíritu Santo. Lo ideal es caminar de acuerdo con:

En cambio, el fruto del Espíritu es amor, alegría, paz, paciencia, amabilidad, bondad, fidelidad, humildad y dominio propio. No hay ley que condene estas cosas. Gálatas 5:22-23

Una persona que recibió sanidad y liberación en Jesucristo pueden levantar un buen fundamento y edificación para sí mismo y para sus generaciones a diferencia de lo que vimos anteriormente.

Pongamos la imaginación en acción y miremos los siguientes diagramas de acuerdo con lo que acabamos de explicar.

La representación que hicimos es un ejemplo de cómo se va tomando el dolor que ha causado un evento y se va guardando hasta el punto donde explota incluso a nivel físico cuando no se manejan las emociones correctamente.

Los elementos de este diagrama representan los sentimientos que describimos al comienzo y cómo se comparan con los materiales de construcción de acuerdo al daño recibido.

Aquí podemos visualizar el peso de las emociones sin resolver que se vuelven una carga negativa. La gente habla mucho de energía, pero podemos verlo como sentimientos que no han sido trabajados y afectan la perspectiva de ver la vida de quiénes los llevan siendo afectados: ellos mismos, su entorno y los que le rodean.

EMOCIONES SIN RESOLVER

En esta representación vemos como la persona tiene un ladrillo en su mano y está cargado de culpa sin saber el efecto que esta trae sobre su vida. El mismo es el resultado de una emoción no resuelta.

Un buen ejercicio es realizar una lista de emociones adversas que reconocemos que necesitan ser trabajadas y transformadas. El reconocer lo que necesita ser cambiado activa un proceso de renovación que va desde adentro hacia afuera. En Dios el trabajo es desde el interior hacia el exterior.

Esta página fue provista para que puedas realizar un análisis introspectivo con la ayuda del Espíritu Santo de las emociones negativas y el dolor que debes transformar. La siguiente cita te puede ayudar:

> *Las obras de la naturaleza pecaminosa se conocen bien: inmoralidad sexual, impureza y libertinaje; idolatría y brujería; odio, discordia, celos, arrebatos de ira, rivalidades, disensiones, sectarismos y envidia; borracheras, orgías, y otras cosas parecidas. Les advierto ahora, como antes lo hice, que los que practican tales cosas no heredarán el reino de Dios.*
> *Gálatas 5:19*

HORA DE ROMPER EL SILENCIO

- _____
- _____
- _____
- _____
- _____
- _____
- _____

Ahora vamos a ver lo que sucede cuando una vida se entrega en la manos del Señor y decide ser transformada por el Alfarero con Cristo Jesús como fundamento de su edificación.

El Espíritu de Dios nos ayuda a cambiar las emociones negativas por el fruto del espíritu.

En cambio, el fruto del Espíritu es amor, alegría, paz, paciencia, amabilidad, bondad, fidelidad, humildad y dominio propio. No hay ley que condene estas cosas. Los que son de Cristo Jesús han crucificado la naturaleza pecaminosa, con sus pasiones y deseos. Si el Espíritu nos da vida, andemos guiados por el Espíritu. Gálatas 5: 22-25

El fruto del espíritu representa los rasgos del carácter que Dios desea que sean formados en cada uno de sus hijos e hijas. Estos no surgen de un momento a otro, sino que se van logrando en la medida que vamos atravesando pruebas y procesos que muchas veces nos fuerzan a cambiar nuestra forma de pensar y elevarnos sobre las circunstancias. En el camino vamos dependiendo de Dios, y no de nuestras propias fuerzas o capacidades.

Por ejemplo, un fruto como el gozo llega mediante el dolor. Parece irónico, pero es cierto. La felicidad y el gozo son diferentes. Estar feliz es una emoción y puede ser pasajera ya que depende muchas veces de nuestro entorno. En cambio el gozo como fruto equivale a poder manifestar un estado de paz y equilibrio en cada momento sabiendo que Jesús va en nuestra barca.

Así por el estilo, cada fruto es sellado en nuestro interior por medio las pruebas que muchas veces queremos evitar; pero nos llevan a ser transformados y renovados. Todo aquello que el Espíritu Santo logra hacer en nuestra vida tiene un efecto en las siguientes generaciones.

Parte del propósito en la vida de una persona es dejar un legado. Es hora de comenzar a edificar en lugar de destruir. El orden es: primero en nosotros, luego en nuestros hijos, y así se sigue con los nietos, y lo demás.

Así podrán brotar los ríos de agua viva dentro de tu ser. Juan 7:37b.

La sanidad envuelve un proceso de poner en orden todo lo vivido para ir encontrando las experiencias que marcaron nuestro caminar. Esta una manera de volver en sí, reconociendo los episodios que es necesario trabajar, y el efecto qué produjeron.

Una persona sabe que ha resuelto un evento cuando al hablar del mismo no siente rencor, ni tristeza. Ese hecho habla sobre sanidad, perdón y liberación. Lo difícil es que muchas personas evitan hablar de algunos recuerdos por el dolor que les produce la situación vivida, o por la vergüenza al ser acusados, prefiriendo callar.

El silencio aumenta el efecto causado por el dolor y lleva la existencia humana a un estado crítico donde se vive con enfermedades emocionales, físicas y mentales; además de confusión, ansiedad, letargo, desánimo, depresión, ausentismo y cansancio. Se pueden perder los deseos de vivir al no tener facilidad de moverse en libertad.

El hablar conlleva enfrentar temores y verdades que están guardados en lo profundo de nuestro ser, y causan humillación, tristeza y culpa, entre otras; pero al confrontarlos y expresarlos se aligera el peso que tanto se anhela soltar. Si no sabes cómo comenzar recuerda pedir ayuda al Espíritu Santo quien te hará recordar, como dice La Palabra de Dios.

Pero, cuando venga el Espíritu de la verdad, él los guiará a toda la verdad, porque no hablará por su propia cuenta, sino que dirá solo lo que oiga y les anunciará las cosas por venir. Juan 16:13

Hablar en familia sobre los eventos sucedidos equivale a romper el silencio. Si es posible, lo mejor es ir uno a uno reconociendo lo que el Espíritu vaya revelando en ese camino hacia la libertad.

Para que el resultado sea el correcto es necesario abrir el corazón ante Dios, tomar consciencia de los errores y pecados que se cometieron o de los cuales se fue víctima. Además, se debe pedir perdón, y perdonar; así como hacer un compromiso de cambio para comenzar una nueva manera de vivir.

Es tan importante, como necesario, soltar cada emoción que no está sana para acercarse a una vida en abundancia como la que Dios Padre desea para sus hijos.

Esto significa que todo el que pertenece a Cristo se ha convertido en una persona nueva. La vida antigua ha pasado; ¡una nueva vida ha comenzado! 2 Corintios 5:17 (NTV)

El siguiente testimonio que presento a continuación te puede ayudar a identificar cómo se mueve el Espíritu Santo cuando se le da libertad.

En uno de los viajes que realicé a Sur América tuve la oportunidad de llevar a cabo una consejería con una dama que llamaremos Julia. Ella se casó y no podía disfrutar de un matrimonio en libertad ya que siempre tuvo vergüenza de su cuerpo, no se sentía bonita y tenía baja estima. Al contarle a Julia un testimonio de otra mujer joven con problemas psiquiátricos, recluida en una clínica; el Espíritu Santo la hizo recordar.

A esta joven su mamá la había rechazado, despreciado y denigrado en un acto violento a los tres años donde la llevó de la mano hasta el fondo de su casa y la sentó sobre una montaña de basura diciéndole que era basura; y no servía para nada. Esto hizo que el Espíritu Santo le trajera una imagen a Julia de un episodio vivido a los seis años, y que no recordaba para sanarla como lo hizo con la mujer en la clínica.

En el episodio de Julia, sus padres tuvieron una pelea muy fuerte y decidieron divorciarse. Su madre angustiada la llevo a un lugar de transporte sin comunicarle a la niña lo que iba a hacer. Allí la entrego a un chofer para llevarla a casa de su tía a cinco horas de distancia. Ella lloró amargamente al no saber ni entender lo que pasaba. Esto trajo inseguridad, abandono, rechazo y baja autoestima a su vida hasta que recibió la libertad por medio del Espíritu Santo al escuchar el testimonio de la joven en la clínica.

Ambas mujeres fueron libres emocional y espiritualmente logrando salir en victoria gracias a la intervención divina del Padre.

Más Allá del Perdón...

Si crees orando, Dios traerá a tu memoria episodios que no recuerdas, y están pendientes por resolver para recibir sanidad y libertad. Es el momento de ser sensible a esa voz del Señor, y sacar lo que por años ha estado guardado trayendo opresión y dolor a tu vida.

Les aconsejo que puedan intentar hacer este ejercicio por ustedes mismos, en familia o pedir ayuda a su pastor. Es importante estar claro de lo que pasó. El permitirse recordar, perdonar y dejar libre a la persona que le afect. Es necesario para sanar desear que esa persona conozca de Cristo y pueda ser bendecida.

Al decir: "Te dejo libre, te suelto en el nombre de Jesús", respire hacia afuera. Ahora evalúe las emociones que le produjeron estos momentos y el efecto que causó en usted las situaciones que no ha resuelto.

Perdónese a sí mismo. Ese es otro paso adelante para dejar atrás la culpabilidad, autocrítica y ser libres en el nombre de Cristo Jesús como hemos dicho. Este tema del perdón se ha recalcado para hacerle consciente de un hecho que necesita ser trabajado; pero es muy difícil para algunos.

Cuando no se maneja correctamente este punto es una puerta que da acceso al enemigo para atacar una vida trayendo enfermedades y situaciones de las cuales se quiere ser libre y evitar especialmente en la siguiente etapa que vamos a ver.

Los años dorados son unos que deberían ser para disfrutarlos, y no para vivir en tristeza o desesperanza por no haber resuelto cosas que se quedaron pendientes en el camino. He tratado de guiarte y ayudarte para que puedas tener acceso a una vida en victoria. Soy testigo del poder de la resurrección de Cristo Jesús y como este puede transformar una vida y la de sus generaciones por medio del Espíritu Santo en quien se lo permite.

El Espíritu Santo me Hará Recordar

En cambio, el fruto del Espíritu es amor, alegría, paz, paciencia, amabilidad, bondad, fidelidad, humildad y dominio propio.

Gálatas 5: 22

CAPITULO X

El Balance de Estar Bien

*Sin embargo, los que el Padre me ha dado
vendrán a mí, y jamás los rechazare
Juan 6:37 NTV*

El balance de estar bien es poder llegar a alcanzar la madurez en la vida y sentir satisfacción porque los demás están bien, como uno también lo está. Es un maravilloso equilibrio que se siente al saber que tú estás bien, y yo estoy bien. Sólo es posible llegar a este punto al sentirnos plenos y realizados caminando en el propósito de Dios.

El honrar a Jesucristo, y darle el lugar que le corresponde traerá como resultado que el Espíritu Santo lo llene todo. Esto trae: identidad, valor, estima saludable, confianza mediante la fe y seguridad. Estos son cualidades que los hijos e hijas de Dios Padre deben presentar junto a la visión correcta para entender lo importante de estar bien, y ver a los demás bien.

En ese punto somos capaces de trabajar en unidad como familia, como equipo, y cuerpo de Cristo guiados por: el amor, misericordia y humildad. Porque me amo, me siento bien conmigo mismo, y valoro quien soy. No estoy compitiendo ya que he madurado, me acepto y estoy seguro de mi persona. Puedo ver a los demás con respeto como son y reconocerlos, aunque tengamos diferentes maneras de pensar.

La Biblia dice en *Marcos 12:30-31 que "el primer mandamiento más importante es amar al Señor con todo nuestro ser, y el segundo es amar al prójimo como uno se ama a sí mismo."* Veamos el texto.

Uno de los maestros de la ley se acercó y los oyó discutiendo. Al ver lo bien que Jesús les había contestado, le preguntó:

—De todos los mandamientos, ¿cuál es el más importante?

—El más importante es: Oye, Israel.

El Señor nuestro Dios es el único Señor—contestó Jesús—. Ama al Señor tu Dios con todo tu corazón, con toda tu alma, con toda tu mente y con todas tus fuerzas. El segundo es: Ama a tu prójimo como a ti mismo. No hay otro mandamiento más importante que estos. Marcos 12:28-31

El Señor Jesucristo nos enseñó este mandamiento, y le fue necesario dejarlo escrito, ya que no es una elección sino un principio de vida a seguir. Aquí notamos la importancia de amar al prójimo, que incluye nuestra familia física y de la fe. Entre la cual podemos mencionar: padres, esposos, hermanos, primos, y aquellos que nos rodean. Además de: amigos, conocidos y aun los que no conocemos. Ama, perdona y bendice por obediencia, aunque no sientas hacerlo.

Por otro lado, no es posible amar más al prójimo que a uno mismo. El que lo hace se estaría devaluando; y también al Dios Creador que nos hizo a su imagen y semejanza. Tampoco es correcto amarse uno más que los demás. Esto demuestra orgullo y es una conducta egocéntrica. En ninguno de estos casos se cumple el mandamiento.

Cristo nos enseñó que si nos amamos como Él lo hace, podemos amar sanamente a los demás. Al hacerlo se evitan: envidias, rencores, peleas, engaños, y se fomenta el perdón y la aceptación de los que nos rodean. El amar te permite perdonar y bendecir mirando desde la perspectiva de Dios Padre.

El practicar esta conducta demuestra madurez, carácter, un fruto correcto y el deseo de vivir buscando la paz. El hombre que cuestionó a Jesús entendió la instrucción. Miremos la continuación del verso bíblico y lo que éste le responde al Hijo de Dios.

—Bien dicho, Maestro —respondió el hombre—. Tienes razón al decir que Dios es uno solo y que no hay otro fuera de él. Amarlo con todo el corazón, con todo el entendimiento y con todas las fuerzas, y amar al prójimo como a uno mismo, es más importante que todos los holocaustos y sacrificios.
Marcos 12:32-33

Ahora voy a hablar de los tres tipos de estima. A la vez que vas avanzando podrás ir trabajando un ejercicio que te ayudará a visualizar lo que estoy explicando y al evaluar su corazón podrá ubicarse en el grupo donde se va a identificar. De esta forma tiene la oportunidad de corregir y mejorar lo que sea necesario.

A continuación le presento los grupos por clasificación de acuerdo con la estima:

- **Estima Sana:** Yo estoy bien, y tú estás bien. Representa o equivale a una sana autoestima.

- **Sobre Estima:** Yo estoy bien, y todos están mal. Así piensa un egocéntrico.

- **Estima Baja:** Yo estoy mal y todos están bien. Representa baja estima, pero no lo puedo ver ni reconocer.

Piensa por un momento en que categoría te encuentras y anótala. El grupo dos y tres representan estimas bajas. Es necesario estar en la primera. En la medida que se van describiendo cada una puedes preguntarte: ¿cómo consigo mejorar mi estima y la forma en que veo a los demás?

La idea es desarrollar una imagen saludable donde se alcanza el balance de: "yo estoy bien, y tú también estás bien." En Cristo Jesús es posible.

Si lo deseas puedes buscar una hoja de papel y aprovechar este tiempo para sacar de tu interior los sentimientos que has guardado con relación al tema y es necesario exponer para crecer. Permite que el Espíritu Santo te haga recordar y traiga aquellas memorias que influencian la forma como te ves o como ves a los demás.

Vamos a ir ahora un poco más en detalle sobre cada una de las clasificaciones.

La primera estima, es la **estima sana**. Esta ocurra si yo estoy bien y los demás están bien. En este punto es donde todos debemos estar. Si no lo estamos, deberíamos querer llegar ya que representa una buena estima y un correcto balance para las dos partes en una relación.

Porque en mis ojos fuiste de gran estima,
fuiste digno de honra, y yo te amé.   Isaías 43:4 (JBS)

La segunda estima es la **sobre estima**. Aquí se piensa sólo en sí mismo, y no en los demás, y está errado el que lo practica, pero también puede estar equivocado el que lo permite si está consciente de la conducta. La persona que siente que solo él o ella está bien, hasta cierto grado puede manipular a otros para mantenerse en control, y hasta hacerles sentir mal para lograr sus objetivos.

No es posible estar bien cuando la balanza se mueve hacia un solo lado, el del que piensa en sí mismo. Este tipo de persona muchas veces se convierte en un estratega para hacer prevalecer su postura, induciendo a otros a errar o hacer lo que él o ella quiere. El que practica esta conducta está mal. Así también el que lo apoya y le permite tomar decisiones por ellos. Aquí radica la importancia de desarrollar un carácter firme, tener una seguridad e identidad saludable para definir posturas y hacerlas prevalecer.

Las personas con sobre estima por lo general son: prepotentes, orgullosas, soberbias, y tienen la tendencia a humillar a otros. Algunos son intransigentes y desprecian con facilidad. Estas son sólo algunas de las emociones que desbordan, pero se puede enumerar más.

Estas posturas representan una forma de defensa al sentirse atacados o antes de serlo para no ser afectados. Se establece esta técnica como un mecanismo de protección; pero se lastima a los demás al no estar sanos.

Aquí podemos ver personas con problemas sin solucionar que ocasionan un ambiente difícil donde se encuentran. La estima baja los lleva a una estima que llamaremos sobre estima porque está por encima de todos. Los extremos no son buenos, y al no estar sano van de un extremo a otro, al no poder establecer un balance en su vida.

Varios ejemplos relacionados a este grupo son: la chica a la que su novio le hizo daño y dice: "no vuelvo a confiar en un hombre porque todos son iguales." El que dice: "mis padres me golpearon mucho cuando era niño, y cuando tenga hijos no los voy a corregir. Los dejaré hacer los que ellos quieran." El que recibió una traición o engañó, y no quiere volver a confiar en nadie al generalizar.

Estos son algunos modelos de porque no se puede llegar al punto uno hasta que se procese, perdone, acepte, y cambie. ¡Cristo es quién da el balance! Por esto decimos somos Cristo Céntricos ya que Él me ama y no me rechaza. Como resultado lo amamos porque Él nos amó primero.

Muchas personas no saben lo que les pasa y quizás cuando estén leyendo este libro podrán ser libres, y llevar la libertad que Cristo les ofrece a otros al recibir la revelación de su problema. Es muy sencillo resolverlo cuando se acepta el patrón de conducta errado y se baja un poco la postura del que está elevado.

Por otro lado, el de baja estima necesita subir más para que todos queden en el balance de estar bien, que es un buen balance y un excelente equilibrio.

La tercera estima es la **estima baja**. En este grupo se cree que uno está mal, y que todos están bien. Esto sucede porque la estima está abajo. El individuo que se visualiza en esta categoría no se valora, y observa que todos brillan menos él o ella porque se siente inferior. Esto puede ser debido a que en su vida no fue: valorado, cuidado o protegido por sus padres, pareja, y otros que tuvieron la responsabilidad de hacerlo.

Es probable que esta persona tuviera: carencia de palabras de afirmación, fuera comparado con otros que le hicieran ver que no tenía valor, puede ser que trajera problemas de aprendizaje y comportamiento, podía ser alguien que quizás fue abusado o tocado; y así sucesivamente podemos seguir enumerando lo que provocó la inseguridad en su vida.

Muchas de las personas que se agrupan aquí se siente culpables por alguna situación que no han superado, ni sanado y eso puede hacer que se desencadenen muchas emociones desbordantes. Por eso le exhorto a auto analizarse para poder llegar a la raíz de rechazo que causó el problema, trabajarla y sanarla para ser libres en el nombre de Cristo Jesús.

La inseguridad equivale a una identidad no definida creyendo que no vale. Esta línea es peligrosa porque se puede seguir siendo abusado de muchas maneras. La persona que se encuentra en esta posición quiere comprar la admiración, cariño, amistad, noviazgo, a su esposo o esposa, el grupo de trabajo, las personas en la iglesia, y todo círculo donde se mueve.

Esta postura llama la atención, y sin darse cuenta busca que la usen todo el tiempo. La víctima lo permite porque cree que debe comprar la amistad y el amor. Así se llega a crear dependencia en las personas y hasta idolatría. Se desvive por servir, ayudar, y dar más de lo debido sin recibir nada a cambio.

Este individuo busca que los demás sean felices porque piensa: "yo no lo merezco"; pero no sabe que al conducirse así llega a ser una condición que se convierte en un hábito. Esta conducta lo lleva sin saber a caer en buscar ser reconocido, y atendido para sentir lo que ve en los que cree que son más importantes.

Quien lo hace puede que no lo entienda, pero al actuar así se olvida de sí mismo. Se puede ser una persona hermosa y de buen parecer, pero estar siendo abusado(a) porque al no valorarse lo permite. Lo primero que debe hacer quién es víctima de este ciclo es entenderlo. Luego debe creer en sí mismo como Dios lo hace. Además, debe valorarse, cambiar y caminar sintiéndose que está bien. El que te da la seguridad de cuánto vales eres tú mismo en Dios.

Al presentar estos grupos buscó que aprendas como se trabaja dentro y fuera de la ecuación de balance: "yo estoy bien y tú estás bien." Las estimas 2 y 3 deben llegar al número 1 luego de identificar el conflicto, trabajarlo y sanarlo para alcanzar el equilibrio.

Al explicar la diferencia entre cada estima podemos tener un mejor entendimiento para llevar una vida en libertad. Si tienes duda cómo se logra el valor de una persona, me gustaría ayudarte a enumerar porque vales. Para Dios vales porque te ve a su imagen y semejanza, pero el valor a nuestros ojos y los demás se logra al ir añadiendo cualidades y metas alcanzadas.

Por ejemplo, si eres hombre, tienes un valor por ser hombre. Si eres mujer, tienes otro valor. Si has entendido que el ser hijo o hija de Dios tiene una connotación inigualable e invaluable sigue sumando a tu valor. Si has logrado superar las etapas de vida continúas adicionando, así como si tienes una carrera, negocio o trabajo que te gusta.

Sigue añadiendo valor a tu estima si ya lograste casarte y tener hijos, sabes el valor de ser papá o mamá, buscas ser buen ser humano, un buen cristiano, eres líder, eres un amigo que valora la amistad, te comportas de acuerdo con lo que se espera de un buen prójimo, etc. El seguir sumando te dará más valor para que vivas libre de una estima baja.

Nuestro amigo el maravilloso Espíritu Santo te hará recordar para poder sanar y seguir caminando hacia una vida en abundancia. Una vez conozcas la historia de tus antepasados empezando por tus padres se abrirá un nuevo panorama, se abrirán ventanas y verás un horizonte más seguro.

En la Biblia, Dios tiene muy presente nuestras generaciones ya que éstas le dan valor a las familias. Puedes leer que el Nuevo Testamento en el libro de Mateo lo que primero menciona es la genealogía de Cristo.

Así que hubo en total catorce generaciones desde Abraham hasta David, catorce desde David hasta la deportación a Babilonia, y catorce desde la deportación hasta el Cristo. Mateo 1:17

De manera que todas las generaciones desde Abraham hasta David son catorce; desde David hasta la deportación a Babilonia, catorce; y desde la deportación a Babilonia hasta Cristo, catorce. Mateo 1:17 RVR1960

Mi mayor deseo es que puedas leer y tomar el tiempo para descubrir porque suceden las cosas y eventos que no entiendes. Así como los episodios que no quieres hacer y sin embargo se repiten desde antes que los razonaras. Muchos de estos vienen desde el vientre de la madre.

Puedo sugerir un ejemplo de una dinámica familiar que los ayudará a descubrir cosas que se traen en el baúl de los recuerdos y donde surgieron situaciones que han llevado a las conductas erradas que provocan el desequilibrio en la vida. Este ejercicio debería ser promovido por los padres, pero lamentablemente no siempre será así. En ocasiones será otro miembro de la familia, incluso los hijos, quién o quiénes tomen la iniciativa.

Programen una reunión en un lugar acogedor y cálido. De ser posible preparen una merienda o alguna comida especial, y realicen una decoración amena buscando armonizar con el motivo del evento. Inviten a la mayoría de los miembros de su núcleo familiar que sea posible, y estén dispuestos a hablar con sinceridad y deseo de cambio sobre lo sucedido en el pasado que pudo haber afectado la familia.

La idea es restablecer los vínculos familiares que muchas veces y por diferentes situaciones se pueden ver afectados. El propósito no es causar divisiones, ni contiendas, sino buscar sanar, reconciliar y unir generaciones. Una vez lo hagan mantengan esta dinámica como parte de las costumbres familiares.

Además, se puede buscar un lugar preferido de reunión en la casa y extender la dinámica a cada hogar. Es hermoso poder establecer y tener ese rincón familiar donde se acostumbre a compartir ese tiempo especial como una tradición. Ahí se va a hablar de las generaciones. Se pueden hacer preguntas relacionadas a la trayectoria de vida desde antes del nacimiento, y después de este encontrando las piezas del rompecabezas que faltaban y ayudan a romper el silencio.

Entre los temas que se van a establecer están lo bueno que ha pasado, los errores vividos y cómo se superaron. Se debe utilizar el ambiente creado para enseñar, afirmar la fe y esperanza en la cual han creído, mostrar la dirección que pueden tomar sus vidas cuando se permite que sean transformadas por la Palabra de Dios. De esta manera se abren los corazones de padres a hijos y de hijos a padres para que se conozcan. Muchas veces se vive juntos, pero desconectados, y es tiempo de volver a conectarse.

Una de las ideas que puedo darte para empezar la reunión es hablar sobre el número que hace cada hijo en la familia. Cuando hay varios hermanos se dan dinámicas que afectan tales como: ser el mayor, estar en el medio o ser el menor. Este tema no parece importante, pero lo es ya que de acuerdo con el orden en que nacieron, y las circunstancias de vida de los padres se marcan muchos rasgos de carácter que luego afectan la personalidad.

Un hijo mayor recibe más responsabilidad que los demás. El que se encuentra en el medio tiende a ser menos atendido por estar en esta posición. Como se diría es hasta cierto punto ignorado. Esto hace que muchas veces guarden raíces de ausentismo, soledad, rencor y amargura que afectan los vínculos familiares. El menor en la mayoría de los hogares será más consentido, y se le pasarán más las cosas porque es el menor.

Todo esto tiende a marcar cada chico y es clave buscar afirmarle. El tema es extenso al hablarlo porque se debe saber el entorno familiar y las condiciones que promovieron lo sucedido para trabajar la comparación, competencia y preferencia que pudo haber afectado los hermanos.

En el caso de los hijos únicos la dinámica que surge es diferente. Por lo regular son personas que fueron muy amadas y mimadas, pero por esa misma razón pueden llegar a ser egoístas y hasta inseguros si no se mantuvo el balance correcto al darles privilegios y regalos. Muchos de ellos se han criado entre adultos y personas mayores haciéndole saltar o pasar etapas y a veces toman responsabilidades antes de tiempo.

Este modelo que he estado explicando lo recibí de Dios y me ha ayudado mucho. Además, he podido compartirlo al trabajar con otros. El Espíritu Santo me dirigió a llevarlo a cabo con mis hijos. Nos dispusimos y rentamos un bello apartamento en una ciudad donde se disfrutan los atardeceres más hermosos. Todos empacamos y nos fuimos con la alegría de ir a disfrutar unas ricas vacaciones en Naples, Florida.

Mis hijas no sabían la sorpresa que les esperaba. Era empezar una nueva etapa de nuestra vida. Durante ésta íbamos a entrar con maletas desocupadas para poder llenarlas de maravillosas memorias al lograr una relación más fortalecida por la verdad, el amor, el perdón y la misericordia de mi Señor.

Llegó el momento de sentarme y develar mi corazón ante cada una de mis hijas. Empecé por explicarles desde la mayor a la menor como fue su embarazo y qué pasó en cada tiempo.

Dios fue trayendo dirección y guiando lo que sucedió. Tuve la oportunidad de pedir perdón y al hacerlo sanar nuestros corazones. Les conté eventos que habían pasado y donde creí que les había causado dolor. Para lograr ver mi familia unidad, un paso mas fue hablar con mi hijo y pedir perdón por el dolor causado a su corazón. Como resultado de esta reunión y otras que siguieron dándose, nuestra relación familiar ha ido creciendo más cada día.

Hemos desarrollado la confianza de hablar y comunicarnos cuando hay una situación difícil para reconocer, analizar, resolver, y perdonar lo sucedido.

En la vida como padres cometemos errores. Uno de los que hice fue asumir que mi hijo estaría mejor con su papá pensando que tuviera la figura masculina presente ya que éramos mis tres hijas y yo. Por esta razón lo envié por un tiempo con su padre. Lamentablemente no fue lo que se esperaba. El papá de mi hijo vivía una vida de soltero y olvidó la paternidad. Esta conducta alejo mucho a mi hijo de mí.

Dios conoce mi corazón y sabe que por hacer una buena acción y buscar fomentar la relación paternal, me equivoque, y le causamos dolor a nuestro hijo. Fue entonces cuando entendí el versículo que habla sobre los padres volver el corazón a sus hijos, y me propuse ganar el corazón del mío para sanar esta situación.

> *Estoy por enviarles al profeta Elías antes que llegue el día del Señor, día grande y terrible. Él hará que los padres se reconcilien con sus hijos y los hijos con sus padres, y así no vendré a herir la tierra con destrucción total. Malaquías 4:5-6*

Tuvo que pasar un tiempo donde trabaje a conciencia lo que Dios puso en mi interior hasta lograr la sanidad de los dos. El Señor mira nuestro deseo, y anhelo. Él nos ayuda a poder restablecer los vínculos que se han lastimado. Por ejemplo en medio de una separación o divorcio, nos capacita para pedir perdón, establecer un compromiso con la meta trazada y alcanzarla.

Esta revelación la recibí como un regalo de Dios, y una dirección que era necesaria en un momento oportuno de mi vida y la de mi familia. El Señor conoce cuando las personas envueltas en una reconciliación están listas para encontrarse. En la Biblia lo vemos con Jacob, José y sus hermanos. Así también sucede en la vida cotidiana. He podido ver cómo Dios te recompensa de acuerdo con tu inocencia, es decir de acuerdo a las intenciones del corazón.

Me da pesar no haber podido disfrutar este privilegio con mis padres. No los culpo porque ellos no tuvieron esa oportunidad tampoco. Antes los bendigo ya que hicieron lo mejor que pudieron con las herramientas que recibieron. Nuestros padres, abuelos, bisabuelos y hasta tatarabuelos no tuvieron quien les contara las historias de la familia porque no las sabían. Es por eso que es tiempo de romper el silencio y cómo nos exhorta la Biblia contarles a nuestros hijos, para que luego ellos lo puedan hacer con los suyos.

> *¡Pero tengan cuidado! Presten atención y no olviden las cosas que han visto sus ojos, ni las aparten de su corazón mientras vivan. Cuéntenselas a sus hijos y a sus nietos.*
> *Deuteronomio 4:9*

Cada uno de nosotros y las nuevas generaciones que se añaden tienen la capacidad de poder disfrutar las promesas y el pacto que Dios hace con los que le entregan su vida y le sirven. Sabemos que dependemos de la gracia de Jesucristo y el poder del Espíritu Santo para perseverar, y hacerlo mejor cada vez; pero será más fácil si compartimos los secretos de familia mientras tengamos la oportunidad. Esto trae liberación, sanidad, perdón y restauración.

Podemos agregar mucho más, pero vamos a dejarlo hasta aquí en este momento. Si deseas busca información adicional. Esta te ayudará a poder cumplir el propósito de Dios en ese balance saludable donde "tú estás bien y yo estoy bien" de forma personal y familiar. Ahora vamos a trabajar y practicar lo aprendido en este **"Más Allá del Perdón".**

Doy gracias a Dios por mi hermosa familia, mis hijos y nietos que son mi mayor bendición y gozo.

Más Allá del Perdón...

Como parte de este "Más Allá del Perdón" puedes comenzar una biografía acerca de tu persona que te añada identidad y valor; así como un registro y árbol genealógico con tu nombre que se extienda a tu familia tanto ascendente como descendente para conocer mejor la historia de tu línea familiar.

Hacia arriba puede alcanzar: padres, abuelos, bisabuelos, y tatarabuelos hasta donde te sea posible. Hacia abajo: hijos, nietos, bisnietos y tataranietos. Hoy en día existen páginas en "Internet" que facilitan este proceso. Estas compañías han levantado la información que buscas y puedes adquirirla.

A pesar de esto quiero decirte que la verdadera identidad se consigue por completo sólo en Cristo Jesús. En Él tenemos acceso directo a nuestro Abba Padre quien es capaz de cambiar todo patrón generacional que no ha sido de bendición. Jesús llevó en la cruz todo decreto contrario para que los hijos e hijas del reino de los cielos puedan vivir de manera plena.

A veces no conocimos los abuelos, porque se quito este derecho por causa de que en la familia pasó un episodio triste de rechazo y abandono, o un fuerte y doloroso rompimiento. Cuando los padres están advertidos de lo sucedido buscaran no repetir lo que ya pasó.

Muchos culpan a Dios, y a otros dentro y fuera de la familia, tratando de encontrar explicaciones de lo sucedido al no conocer lo que ocurrió. Es momento de perdonar y pedir perdón, sacar la ira y rencor para seguir adelante en bendición.

El plan de Dios en su sabiduría al crear al hombre y la mujer era que se contará lo que se había vivido en las generaciones anteriores. El vivir sin hacerlo es vivir sin tener las crónicas, y sin tener un futuro hacia dónde guiarse como un mapa de dirección.

Te aconsejo que sigas leyendo y creyendo que vas a encontrar el camino perfecto de ser libre de tradiciones que no fueron buenas. Hay costumbres familiares que pueden ser de gran ayuda, y otras que necesitan cambiar. Existen tradiciones culturales que marcan para bien, y otras para mal. Se sabio y crea tu propia ruta de vida. Lo importante es cumplir el propósito de Dios que te llevará a ser verdaderamente libre y feliz.

Con este **"Más Allá del Perdón"** te acercas más a recibir la sanidad y libertad que tanto se anhela.

Es importante que tengas claro que el grupo uno en la clasificación de la estima es el que se debe buscar para promover un balance saludable. Trabaja las áreas que necesitan corrección para salir de cualquier rasgo negativo que tengas de las categorías dos, tres; y renuncia a esos patrones de conducta hasta lograrlo. Recuerda hacer todo, en el nombre que es sobre todo nombre, el nombre de Cristo Jesús. Es mi deseo y oración que seas libre, porque has sido llamado a tener libertad y vida plena.

HORA DE ROMPER EL SILENCIO

El Espíritu Santo me Hará Recordar

Sin embargo, los que el Padre me ha dado vendrán a mí, y jamás los rechazare

Juan 6:37 NTV

HORA DE ROMPER EL SILENCIO

CAPITULO XI

Los Años Dorados

*Traten a los demás tal y como quieren que
ellos los traten a ustedes.*
Lucas 6:31

Al llegar a este capítulo pude decir: "Señor voy a escribir lo que has puesto en mi corazón para bendecir a muchos que van a cumplir sus sesenta años y más allá de estos. Quiero hacer tu voluntad al contar las experiencias que me permitiste vivir hasta que llegué a un mejor tiempo en mi vida." De esta manera puedo recordar como Dios me sostuvo para seguir adelante en la dirección correcta hasta alcanzar sus promesas.

La realidad es que cuando surgió el momento de escribir sobre este tema fue un verdadero impacto. La razón es sencilla, la mayoría de las personas se enfocan en lo adverso de esta temporada en lugar de mirar la bendición tan grande que es llegar a esta edad. En especial si es de la mano de Dios.

Como verás, el enfoque de este capítulo es llevarte a ver esta etapa desde otra perspectiva. Aquí se recoge gran parte del fruto que con tanto esfuerzo se ha sembrado a través de los años, y hasta se comienzan nuevas siembras. Hace muchos años entendí que había una edad donde se lograba experimentar este momento de la vida. Siempre pensé qué lo viviría, y lo deseaba como un anhelo que Dios había puesto en mi corazón hasta que llegó el momento. Me gustaría animarte ya que también es tu tiempo.

> *Jehová te oiga en el día de conflicto;*
> *El nombre del Dios de Jacob te defienda.*
> *Te envíe ayuda desde el santuario,*
> *Y desde Sion te sostenga.*
> *Haga memoria de todas tus ofrendas,*
> *Y acepte tu holocausto.*
> *Te dé conforme al deseo de tu corazón,*
> *Y cumpla todo tu consejo.*
> *Nosotros nos alegraremos en tu salvación,*
> *Y alzaremos pendón en el nombre de nuestro Dios;*
> *Conceda Jehová todas tus peticiones.*
> *Salmo 20:1-5 (RVR 1960)*

Piensa por un minuto:
- ¿Qué son para ti los años dorados?
- ¿Qué has escuchado sobre éstos?
- ¿Crees que sea posible vivirlos?
- ¿Cómo te gustaría pasarlos?

Años dorados, años que ya están reservados.

Lo cierto es que pase por situaciones muy difíciles, y de las cuáles voy a hablar, antes de llegar a este nivel. Mis padres me amaban así como a mis hermanos y nuestra familia. Sin embargo, ellos vivían muy ocupados y fueron parte de las estadísticas al divorciarse. Esta situación provocó que fuera una niña ausente y una estudiante distraída sin lograr concentrarme.

Ellos tenían un matrimonio bonito. A pesar de esto no faltó una mujer con un corazón y motivación egoísta que interviniera seduciendo y manipulando para llevarse un hombre casado. Esto lastimó a una esposa y sus cuatro hijos los cuales necesitaban su papá en la casa.

Hoy estoy exponiendo este evento porque creo que es hora de romper el silencio. Es necesario denunciar a estos hombres y mujeres que utilizando muchas veces el engaño causan el rompimiento en los matrimonios para que no hagan más daño. Los efectos de un divorcio no se visualizan de inmediato pero son: a corto, mediano y largo plazo.

Antes de los diez y seis años quedé embarazada, y fui obligada a casarme. Esto fue un gran error que cometieron mis padres por mantener un estatus y decirle a la sociedad que todo estaba bien. Ahora entiendo en base a lo que he visto que una pareja no debe casarse si no existe la posibilidad de un buen futuro juntos. Las estadísticas muestran que la mayoría de este tipo de uniones termina en divorcio siendo los niños los más afectados.

En mi opinión, es preferible una chica embarazada y soltera con sus padres en la eventualidad que la reciban con amor que un matrimonio difícil donde se contraen nupcias sólo por las apariencias. En medio de este tipo de situaciones el apoyo y dirección de los padres puede cambiar el rumbo de la historia.

Lo ideal es promover la prevención en cuanto a las relaciones de noviazgo y buscar la dirección de Dios antes de entrar en ellas. El estar embarazada sin el fundamento de un hogar o atravesar un divorcio siendo muy joven; y sin entender lo qué pasó, deja huellas muy profundas de sanar en quién lo vive y su familia. Esta es parte de mi historia ya que a los diecisiete años estaba divorciada, y con una hermosa hija que ahora me acompañaba en esta travesía.

A pesar de todo me mantuve creyendo que llegaría un día y una época diferente donde vería otro paisaje de luz y esperanza. Seguía optimista y con fe atravesando las etapas, y a la vez preparándome para los mejores años, los años dorados. Ahora veo las circunstancias que pasaron como retos y parte de un entrenamiento donde Dios y la persistencia me permitieron disfrutar la victoria.

Cuando Dios nos da una palabra o la recibimos en nuestro espíritu, es necesario atesorarla. Tal y como existen un baúl de recuerdos que está siendo abierto para sanar áreas de nuestra vida, así también existe un cofre de promesas que se está liberando según avanzamos. El caminar con la certeza de que veremos el cumplimiento de lo que el Señor Jesucristo ha dicho hace que se reciba lo que estamos esperando.

El saber respetar los tiempos de Dios y mantenerme enfocada en sus palabras cuando dijo: "que viviría un tiempo dorado" me llevó a ir viendo paso a paso el cumplimiento de lo que creí. En la medida que hacemos nuestra parte Dios hace la suya. Esto lo aprendí de niña, y lo continué practicando en cada reto de mi vida.

Una recompensa de creer y caminar hacia el futuro es que a pesar del dolor, tristeza y tropiezos; el Espíritu Santo me dio el aliento para reponerme. Él me mostró un nuevo camino a seguir en Cristo Jesús, y las oportunidades que llegarían donde vería la realización de los años vividos y mucho más. Guarde esto en mi espíritu, espere con fe, lo visualicé, me aferré a lo que creí y ahora estoy viviendo la mejor etapa de vida.

Fui desarrollando una relación íntima con Dios que me llevó a vivir plenamente dependiendo de Él. Este proceso tomó un tiempo y durante el mismo miraba hacia el futuro, sin detenerme en el presente, ni en el panorama que podía estar viviendo. Suspiraba como cuando uno sabe que viene lo mejor.

Quiero aconsejarte, como en varias ocasiones me toco aconsejarme a mí misma, y decirte que aguantes un poco más si te encuentras en medio de alguna prueba o situación. ¡No retrocedas! Don't give up! Aunque en el camino no veas lo que estás creyendo o no entiendas lo que está pasando, solo confía, y sigue por fe creyendo que vendrá.

Una herramienta que me sirvió fue recordar las veces donde el Señor me había ayudado y perseverar pensando que Él lo volvería a hacer. Aprende a dar gracias por lo vivido. Proclama la Palabra sabiendo que tu restauración viene de Dios y lo que viene del Padre es mejor de lo que pedimos o creemos.

Si lo crees seguro que llegará. Sabes que una palabra o promesa te alcanzó cuando llega a tocar tu espíritu y lo íntimo de tu ser. Lo que escribo lo hago con convicción por mi testimonio, y lo que Dios me ha permitido vivir con otras familias que también creyeron.

El versículo de Efesios 3:20 me ayudó a fortalecer más mi fe al entender qué hay un poder que actúa dentro de nosotros. "Al que puede hacer muchísimo más que todo lo que podamos imaginarnos o pedir, por el poder que obra eficazmente en nosotros."

He visto esta cita hecha realidad en mi vida y la de mi familia, y quiero compartir contigo como el Señor es capaz de transformar nuestras vidas cuando se lo permitimos. Es por esto que puedo decir que este es un tiempo maravilloso para escribir porque he descansado y confiado plenamente en su voluntad.

Cada uno de nosotros tiene reservada una temporada de años dorados. Muchos se anticipan y preparan de manera consciente para recibir esta época. Otros lamentablemente no saben que esperar al llegar a los 60, y se sorprenden al no entender la etapa.

Cuando se llega a sabiendas del momento que se va a atravesar el efecto es diferente. Al creer en la Palabra de Dios y sus promesas se va sembrando a lo largo del camino, abonado y caminando adelante porque sabemos que va a llegar ese tiempo donde se podrá disfrutar la cosecha.

Eso no significa que como en todas las demás etapas habrá retos y situaciones que enfrentar, pero ahora se viven de una manera totalmente diferente porque se miran desde la perspectiva de Isaías 40:31 "pero los que confían en el Señor renovarán sus fuerzas; volarán como las águilas: correrán y no se fatigarán, caminarán y no se cansarán."

Cuando se llega a esta edad sin haber tenido un fundamento

correcto, es cómo llegar cegado, y con los ojos vendados. Además, se tendrá temor de pasar los 60 y eso es un problema. Es importante tener la información correcta y necesaria, además de habernos preparado, para vivir una vida en plenitud con Dios. Así se puede estar tranquilo solo o acompañado, y sin temor, sabiendo que el Espíritu Santo nunca nos va a dejar.

El que no toma previsión puede llegar a una vejez sin logros y atado en muchas áreas. El mejor consejo que puedo darte es ir estableciendo una relación con Dios basada en la fe que traerá sabiduría, amor propio e identidad saludable. Además, así te llevará a ordenar cada área de tu vida que sea posible. Todo esto a la luz de la Palabra del Señor. Esto te dará la paz que necesitas para atravesar esta maravillosa etapa de tu vida y dejar un legado correcto a tu familia.

Te exhorto a aprovechar cada día para ir construyendo en tu vida y la de los que te rodean. Esto te llevará a través de la edad dorada, pasando de los sesenta hacia adelante viviendo una etapa de oro cada día. El tener la dirección correcta y superar cada ciclo anterior en bendición hará que se vaya de un nivel a otro en Victoria.

Se puede comparar con la celebración de aniversario en un matrimonio donde según se avanza en años, se superan los retos, y asciende en fortaleza dentro de la relación. En los años dorados sucede igual, la diferencia es que esta fortaleza es interna y personal y se basa en la relación con Dios.

Recibirás llaves doradas en la medida que caminas por la vida y estableces una vía de paso con la ayuda del maravilloso Espíritu Santo de Dios. Esto te guiará a una buena vejez con larga vida y vigor.

Las llaves son muy significativas porque representan sabiduría, conocimiento y autoridad. Una llave tiene la capacidad de abrir puertas. Quién tiene la visión de compartirlas también tiene la revelación de muchas promesas bíblicas. ¿Sabes? En la Biblia los hombres de Dios completaban su ciclo de vida en una buena vejez y sin estar enfermos. Revisemos las Escrituras.

Abraham vivió ciento setenta y cinco años y murió en buena vejez, luego de haber vivido muchos años, y fue a reunirse con sus antepasados. Génesis 25:7

Moisés tenía ciento veinte años de edad cuando murió. Con todo, no se había debilitado su vista ni había perdido su vigor. Deuteronomio 34:7

Ya han pasado cuarenta y cinco años desde que el Señor hizo la promesa por medio de Moisés, mientras Israel peregrinaba por el desierto; aquí estoy este día con mis ochenta y cinco años: ¡el Señor me ha mantenido con vida! Y todavía mantengo la misma fortaleza que tenía el día en que Moisés me envió. Para la batalla tengo las mismas energías que tenía entonces Josué 14:10-11

Hay dos formas de ver los años dorados. La primera manera es pensando que a través del tiempo vas a ir cultivando hasta alcanzar una excelente cosecha. Para esto vas a ir abonando a lo largo de la vida con: semillas de oro que representan tus siembras, fe, positivismo, paz, gozo, satisfacción por lo vivido, siendo sincero, sin egoísmo, sin manipulación, y agradecido por lo que has tenido y ahora tienes, ya sea poco o mucho. Además de la seguridad, identidad y valor verdadero que recibiste de parte de Dios.

Acompaña este sentir con la expectativa de que lo mejor está por venir. Se obediente a la Palabra y mantente en una relación íntima con Dios Padre, su Hijo Jesucristo y el Espíritu Santo como Fiel Consolador.

Describo esta edad como el mejor tiempo cosechar logros personales. Para mí es el momento más adecuado para expresar con alegría y entusiasmo que vivas a plenitud este tiempo de los 60.

El oro es un material muy fino que se atesora como lo debemos hacer con nuestro corazón y las emociones que guardamos en él. Así prolongamos nuestra vida muchos años y recibimos prosperidad. Dios en su sabiduría pide que le demos acceso total al corazón para mantenerlo sano y libre. No escondas los sentimientos que llevas dentro porque detienes tus bendiciones, y puedes también afectar tu salud al no manejar lo que es necesario.

> *Señor, Dios de nuestros antepasados Abraham, Isaac e Israel, conserva por siempre estos pensamientos en el corazón de tu pueblo, y dirige su corazón hacia ti. 1 Crónicas 29:18*

El Señor conoce todo; y no puedes seguir escondiendo lo que está en tu corazón. Al contrario, ábrelo y permite que Cristo Jesús viva en ti.

> *Hijo mío, no te olvides de mis enseñanzas; más bien, guarda en tu corazón mis mandamientos. Porque prolongarán tu vida muchos años y te traerán prosperidad. Proverbios 3:1*

La Biblia no habla de jubilación como vimos en versículos anteriores. Muchos presidentes, y otras personas en puestos claves son electos después de los 60 años. Incluso se prefiere que tengan 70 o más por la sabiduría y madurez que portan. Esto no descarta las generaciones jóvenes, sino que provee una perspectiva diferente donde se puede alcanzar una meta a pesar de la edad y no limitar.

Esta es una historia real. Hubo un joven emperador en Alemania a finales del siglo diecinueve llamado Guillermo II, hijo de Federico III de Prusia. Este rey quería gobernar con personas más jóvenes a su lado y decide destituir al canciller Bismarck. Así aparece la figura del canciller alemán Otto von Bismarck.

Este hombre pasó una propuesta de retiro convirtiendo a Alemania en la primera nación con un programa de seguro social en 1889 (c). Esta idea surge al Bismarck ver lo que iba a suceder con él por la determinación de Guillermo donde quedaría sin beneficios. y habían trabajado toda su vida, se le ocurrió que debería tener un dinero asegurado para el resto de su vida.

Cuando a fines de este siglo introdujo el primer rudimento

de jubilación estatal del mundo, había que tener 70 años para acogerse al beneficio, En esta época y a través de la historia las personas trabajaban hasta avanzada edad y como mencionamos antes la Biblia no habla de jubilación.

Ahora Voy a presentar el ejemplo del Coronel Sanders.

A los 5 años murió su papa. A los 16 dejó de estudiar.

A los 17 ya había perdido cuatro trabajos. A los 18 se casó. Entre los 18 y los 22, trabajó como conductor y falló nuevamente.

Se unió al ejército y fue retirado.

Aplicó para la escuela judicial y fue rechazado.

Se convirtió en vendedor de seguros y volvió a fallar.

A los 19 se convirtió en papá.

A los 20 su esposa lo dejó y se llevó a su única hija.

Se convirtió en cocinero y lavador de platos en una pequeña cafetería. Falló en el intento de recuperar a su hija, pero eventualmente convenció a su esposa para retornar a casa.

A la edad de 65 años obtuvo su retiro.

En el primer día de su retiro recibió un cheque del gobierno por un monto total de 105 dólares.

Sintió que el gobierno le estaba dando a conocer que no podía ni mantenerse a sí mismo.

Decidió suicidarse y pasó por su mente que no era necesario vivir más cuando había fallado tantas veces. Se sentó debajo de un árbol a escribir su testamento, pero en vez de escribir lo que había logrado en su vida. "Se dio cuenta que había muchas cosas que no había hecho aún."

Se dio cuenta que había algo que podía hacer mejor que nadie más, y era cocinar.

Con 87 dólares del cheque de gobierno compró una freidora,

e hizo pollo utilizando su receta única. Lo vendió de puerta en puerta en su pueblo cerca de Kentucky, Estados Unidos.

Recuerdas que a la edad de 65 años quería suicidarse. A los 88 años Coronel Sanders, Fundador de Kentucky Fried Chicken (KFC) era billonario.

Este relato es inspirador y alentador para ir creciendo en las metas cada día hasta que sea tu último día de vida. Como ves los años pueden ser prolongados por Dios cuando existe un propósito y se desea vivir a plenitud. Te animo a investigar más biografías que te ayuden a renovar tus fuerzas y mirar el horizonte que te espera. Pida a Dios que le restaure el tiempo.

¡Años dorados! Podemos llamarlos años de oro. Porque son valiosos. Se ha adquirido sabiduría y madurez que fortalecen el carácter. La madurez emocional y espiritual se logran a través de una vida con Cristo. El da la oportunidad de dar un giro de 180 grados a nuestro camino.

Si todavía no tienes una relación personal con Dios como Padre te invito a reconocer a Jesucristo, su Hijo como Salvador y Señor de tu vida. Es necesario saber que El vino a morir por nuestros pecados en la cruz. Debemos arrepentirnos y abrir nuestro corazón pidiendo perdón por los errores cometidos para que nuestro nombre sea escrito en el libro de la vida y tengamos acceso a una nueva manera de vivir.

A pesar de lo que acabo de explicar existe una segunda forma en la cual muchos ven la etapa dorada. Me causa asombro porque es como si no entendieran los años dorados. Cuando quise escribir investigué bastante y me llevé la sorpresa de que hay gente en esta etapa que recibe desmotivación, desesperanza, crudeza y falta de amor. Esto los guía a ver la etapa diferente y hace que pierdan la vitalidad y motivación de seguir adelante. Incluso pueden querer morir antes de tiempo por temor de lo que escuchan. De esa manera la depresión los sorprende.

¿Quién quiere recibir noticias negativas? A nadie le gusta

escuchar que ya no sirve, que la vejez es dura, que vienen enfermedades, cansancio, que no se tienen fuerzas. Tenemos que cambiar nuestra mentalidad. Vamos a dar oportunidad a las personas que han sido marginadas.

Habrá personas que van a estar en desacuerdo con lo que estoy expresando y se enfocarán en el pesimismo, negatividad, enfermedad e incredulidad. Por mi parte voy a seguir expresando alegría, gozo, gratitud, fe, optimismo, testimonios sobre el cumplimiento de las promesas, vigor y salud. Dios menciona en Su Palabra "buena vejez y vigor".

Se ha venido haciendo mucho daño por medio de las publicaciones, escritos, estadísticas y comentarios sobre el particular, Esto ha llegado a afectar a los que están en esta edad o entrando en ella. Los ha hecho sentir que a su edad es natural que no tengan fuerzas, que no se sientan bien, que deben sentir toda clase de achaques y dolores, que deben ir preparándose para ser ignorados, y que de ahora en adelante ya no serán productivos.

Esto hace que muchas personas se sientan inútiles y acabados antes de tiempo y que en muchos países tengan que depender de otros porque no hay oportunidades para su edad. Cambiemos el enfoque y miremos las estadísticas que hablan de los 60 en adelante como una de las etapas más productivas. Miremos los empresarios, y presidentes como habíamos mencionado. Recuerden esto amados lectores para qué lo vivas en ti, y puedas ayudar a otros a sentirse mejor cada día.

La voluntad divina es que nos mantengamos bien y creamos en sus promesas. La mentalidad humana nos quiere sacar de lo ya establecido por El Creador.

Existen tantos adjetivos y cualidades que se pueden expresar de esta edad. Entre los que se encuentran: más dulzura, comprensión, sabiduría, aplomo, realización, humildad, carácter, pacientes, determinados y podemos seguir escribiendo muchos más.

Las personas de la edad dorada nos convertimos en mejores compañeros y compañeras, mejores madres y padres que mantienen conexión con sus hijas e hijos, y mejores abuelas y abuelos. En esta fase nuestro deseo es enseñar a las criaturas más hermosas que son los nietos y nietas. Somos excelentes amigos ya que hemos venido acumulado amistades desde la infancia. Bueno, y para los que son bisabuelas o bisabuelos no tengo palabras para expresarlo. Pido a Dios que me permita ver mis bisnietos y más generaciones.

Hombre o mujer que estás ahora en este tiempo: ¡Levántate, que tú hora ha llegado! La gloria de Dios está sobre tu vida. Resplandece.

Según estudios recientes se ha comprobado que la inteligencia emocional va en aumento, y comienza a aumentar a partir de los 60 años. Lo describo como llenura del Espíritu Santo que trae humildad, madurez, y una gran capacidad para aceptar y entender a las demás personas. Para muchos es la capacidad de reconocer los sentimientos propios y los ajenos.

Los datos de estos estudios unidos al corazón de Jesús dan más sensibilidad, madurez y capacidad de poder ofrecer un buen consejo, y mayor discernimiento, así como claridad de espíritu. Es sencillamente maravilloso poder ser sensible para entender nuestros propios sentimientos y los de otros.

Estas habilidades y entendimiento pueden ser de gran ayuda a nuestra familia, hijos, nietos, biznietos, amigos, iglesia, trabajo y a la comunidad.

Las personas mayores son más capaces de ver el lado positivo de las cosas. Esto unido a la fe, es un gran potencial porque puede producir empatía ante situaciones adversas y con los menos afortunados. Por eso es una etapa de auto realización donde se desea ayudar a otros cuando se ha logrado establecer el balance correcto en la vida.

Quiero darte un consejo. Las mejores etapas de producción son de los 40 a los 60. En estas se debe cuidar y guardar la producción. Así podrás multiplicarla, seguir produciendo y ahorrando para que a los 60 estés bien en tus finanzas. Esto añade vivir sin ansiedad y disfrutar al máximo cada minuto de la vida.

Un error que cometí y muchos cometen en la vida es no valorar las finanzas. En mi caso siempre produje y con éxito, pero dejé que se fueran los recursos de forma fácil. Sin embargo, al adquirir la visión correcta, y caminar en fe creyendo en las promesas del Señor puede reconocer los errores, persistir y volver a intentarlo de la mano de Dios. Hoy puedo decir que he visto como las bendiciones regresaron de vuelta hasta mi vida, y no solo hablo de los materiales, sino en muchos otros aspectos. Dios ha sido fiel.

Más Allá del Perdón...

En cada capítulo hemos ido recibiendo dirección para lograr identificar las emociones que se deben remover para traer libertad, perdonar y pedir perdón.

Te animo a ir por cada etapa y encontrar lo que todavía te quede por trabajar para aligerar el peso y dejarlo ir en el nombre de Cristo Jesús.

El proceso va a ser el mismo que hemos aprendido y vamos a resumir una vez más.

- Encuentra las emociones que necesitas trabajar de acuerdo con la situación vivida que te afecto.
- Renuncia a estos sentimientos.
- Échalos fuera con autoridad en el nombre de Cristo Jesús.
- Libera la persona que los ocasionó en el nombre de Jesucristo.
- Bendice y ora a quienes te lastimaron. Si no conocen a Cristo pide a Dios que alguien les predique.
- Si es posible busca un lugar aparte donde puedas tomar aire, orar, y respirar profundo hasta sentir paz. Después pide a Dios que el poder del Espíritu Santo te llene de su presencia y el fruto del espíritu correcto para sustituir el opuesto que soltaste. Por ejemplo, si fuiste libre del odio, pide ser lleno de amor. Si soltaste la tristeza, pide llenura de gozo y alegría. Si te liberaste del abandono, clama al Padre por su identidad, valor y seguridad.

Los años dorados son para vivirlos a plenitud de acuerdo con el diseño de Dios. ¿Estás dispuesto a modificar y soltar lo necesario para disfrutar esta etapa? Lo principal será abrir tu corazón a Cristo Jesús.

LOS AÑOS DORADOS

El Espíritu Santo me Hará Recordar

HORA DE ROMPER EL SILENCIO

Hijo mío, no te olvides de mis enseñanzas; más bien, guarda en tu corazón mis mandamientos. Porque prolongarán tu vida muchos años y te traerán prosperidad.

Proverbios 3:1

HORA DE ROMPER EL SILENCIO

Conclusión

Es necesario saber que en Dios no hay límites ni edad para alcanzar nuestro potencial. A pesar de esto en ocasiones no se desarrolla por completo o toma mayor tiempo del esperado como resultado de que: se saltan, retrasan o adelantan etapas en el ciclo de vida. Esto no debería suceder.

Dios desea que como sus hijos e hijas vivamos vidas plenas. Sin embargo, el efecto de muchas elecciones y acciones sin tomar en cuenta al Señor luego hay que trabajarlas y esto incluye a las siguientes generaciones.

En ocasiones, y hasta sin estar conscientes se puede entrar en una búsqueda interna tratando de llenar ese vacío creado en la etapa que se necesitaba vivir, pero no se pasó.

Este campo es uno delicado ya que se puede ir lejos de la voluntad y propósito de Dios al ser movidos por corrientes externas buscando una salida a lo que se tiene que enfrentar. Algunas de estas incluyen: filosofía, religión, letras, adicciones, y hasta sectas.

Muchos al no tener la madurez cronológica, intelectual, emocional, ni la guía espiritual correcta de parte de Dios para manejar la información que reciben pueden ser víctimas de un efecto adverso y hasta peligroso en lugar de ser beneficioso.

Amados, no creáis a todo espíritu, sino probad los espíritus si son de Dios; porque muchos falsos profetas han salido por el mundo. 1 Juan 4:1 RVR1960

La influencia de lo que recibimos y pensamos va a guiar como nos movemos, razonamos y puede llevarnos al caminar en fe a ver el cumplimiento de las promesas del Señor sobre nuestra vida. De aquí la necesidad de seguir la Biblia como manual de instrucciones y el orden establecido por Dios. Jesucristo me ha dado la oportunidad de ser testigo de lo que aquí escribo.

El desarrollar la confianza y apertura como familia para hablar, comunicarse y compartir experiencias o sentimientos puede unir y animar los integrantes de un núcleo. En especial al ver los testimonios de como el Espíritu Santo ha obrado en medio de alguna situación. Además, provee el espacio para sanar y liberar emociones reprimidas.

El propósito de este libro es que se pueda realizar un análisis personal y como familia de lo que fue guardado en el baúl de los recuerdos y exponerlo a la luz de la Palabra de Dios para recibir sanidad y liberación completando en bendición las etapas de vida.

*Agradezco que hallas leído el libro "Hora de Romper el Silencio."
Recibiendo una nueva manera de vivir que trae liberatad.*

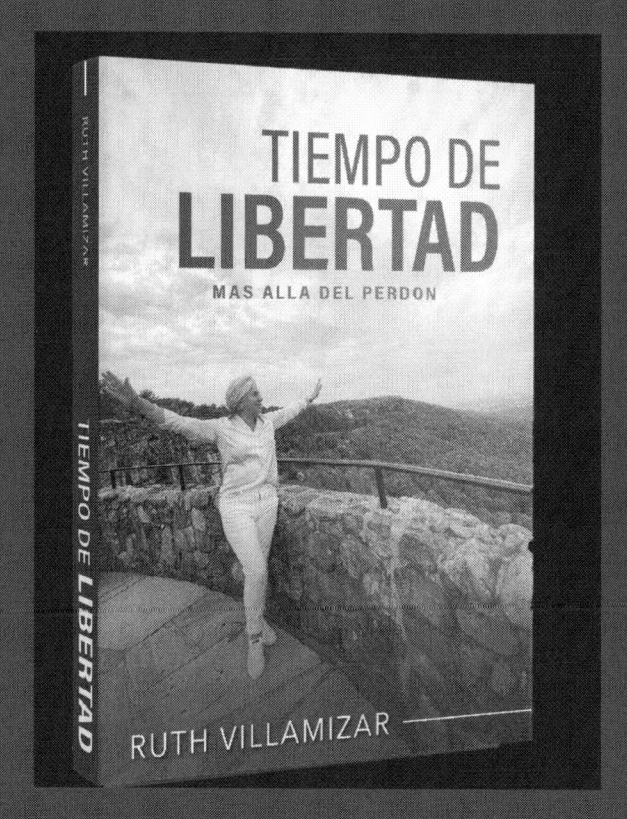

Viene Pronto!
El poder de Dios actuado mas alla del perdon.

Para recursos adicionales, visite
www.ruthvillamizar.com

HORA DE ROMPER EL SILENCIO

Bibliografía

(a) Escrito por mundo de millonarios.

(b) De acuerdo a un equipo de psicólogos de la Universidad de California en Berkeley.

Made in United States
Orlando, FL
22 April 2023